Mayotte

Dämonen und Drachen

Die neunzehn Stücke des Euripides nacherzählt und interpretiert

Aus dem Französischen
von Tim Trzaskalik

FRIEDENAUER PRESSE BERLIN

Vorwort

Indirekte Rede, zweisprachige Rede

In Prosa Tragödien zu erzählen, die für die Bühne und die Wechselrede geschrieben wurden, die Worte des Autors wiederzugeben, anstatt ihn selbst, den schutzlosen Waisen, seinen Lesern vorzulegen – was soll das? Wozu ist die *Paraphrase* gut, das Wiederholen mit anderen Worten? Ist es nicht schon beschwerlich genug, von der lebendigen Wechselrede zur Erzählung überzugehen? Und wie beschwerlich ist es erst, sich zum Erzähler oder Boten zu machen, die Zusammenfassung eines Dramas agieren zu lassen, in Gang zu setzen? Die Einzelheiten entfallen dem Gedächtnis, sie müssen interpretiert worden sein, um von ihm aufbewahrt zu werden, und ganz abgesehen vom lyrischen Element des tragischen Chores gehen auch die Dimension des Vielfältigen, der Dialog, das Bühnendekor mit seiner räumlichen Tiefe, das Sprechen des Textes und das Spiel, die Aufführung verloren.

Indessen bleibt in dieser Form der Neuschreibung, der Paraphrase, einer bescheidenen akademischen Technik, der Interpret so nah es geht am Autor, er folgt den Windungen der Gedanken, betont und unterstreicht und hebt je nach dessen Worten den Sinn hervor, den er erforscht. Also weder Zusammenfassung noch Pastiche: Die Wiederholung ist mein Anliegen; der Pakt wird eingehalten werden. Der performative Modus zieht die Grenzen und verleiht dem Zeugnis seinen Wert. Auf eine innere Stimme hörend, die jene des Autors wäre, versuche ich, an seiner Seite (*para-*) seine Worte zu verstehen, mit der Subjektivität, die mir eigen ist, aber sie mit Objektivität dublierend, ganz so wie ein Schauspieler an der Seite seiner Figuren oder Rollen, manchmal mit Ironie, immer aus der Distanz. Keine Auslegung könnte klüger, kein Kommentar treuer sein. Das ist die Paraphrase: *Eines*, aber zweisprachig zugleich – wenn sie nicht verworrenes Geschwätz ist, wenn sie zweifelt, von Neuem ansetzt und die Intention errät.

Euripides lässt seine Figuren sprechen. Diese mannigfaltige Inkarnation verleiht seiner Sprache einen unvergleichlichen Schwung und nährt die »Interpretation«. Diese ist keine akademische »Erläuterung«, sondern ein wichtiger Bestandteil der Entzifferung: Sie wird zur Sprache der weißen Zwischenräume, des Schweigens zwischen den Worten. Und nur sie vermag es, das nicht Nichtgesagte zum Singen zu bringen.

Die in den antiken Handschriften aufgefundenen Zusammenfassungen sind sehr kurz, oft kaum mehr als einige Zeilen lang. Sie gestatten es nicht, den verloren gegangenen Sinn wieder zu erfassen, der in den Verwendungen und Wiederaufnahmen verschwand. Ovid hat in den *Metamorphosen* seine eigenen *Bacchantinnen* geschrieben. Seneca hat fünf Stücke umgestaltet, und seine *Phädra*, seine *Medea*, seinen *Rasenden Herakles* kennen wir besser als ihre euripideischen Vorbilder. Euripides, der populärste Autor der antiken Welt, berühmt durch die Vielzahl von Darstellungen auf Vasen, Särgen und Fresken, hat die Zeitalter in unterirdischen Kanälen durchquert, bis zu seiner späten Neuentdeckung. Nur aus Zufall haben wir von ihm mehr Stücke als von Aischylos und Sophokles: Eine antike Sammlung wurde wiederaufgefunden, in der neun Stücke in alphabetischer Reihenfolge überliefert waren. Was aber ist uns letztlich von seinem ungemein umfangreichen

Schaffen geblieben? Nichts, wenn man die Stücke zählt; alles aber in und mit jedem einzelnen gelesenen oder aufgeführten Stück, in der Hitze der Wechselreden, in der Invention des Gesangs. Sie, diese Invention, altert nicht; bei Euripides wird sie um ihrer selbst willen gesucht, und sie hat ihn gegen seine Nachahmer verteidigt.

Die neunzehn Stücke (zumindest wenn man den *Rhesos* mitzählt, der zweifelsohne apokryph ist), die uns von den dreiundsiebzig ihm zugeschriebenen bleiben, haben eines gemeinsam: ihre absolute Differenz. Jedes erneuert die Regeln der Gattung. Die beiden *Iphigenien* sind meilenweit voneinander entfernt, sowohl aufgrund der Bilder wie auch der Charaktere. Der Herakles aus *Alkestis* hat mit dem *Rasenden Herakles* nichts gemein außer dem Namen. *Ion,* reich an Rätseln und Missverständnissen, steht einzigartig da. In *Orest* ist der dem Stück seinen Namen gebende Held nicht mehr der finstere Geselle, der er in *Andromache* war. Die politische Kritik ist in diesem Stück evident und überwiegt das Romaneske. *Hekabe* und die *Trojanerinnen* schöpfen an ein und derselben homerischen Quelle: In Ersterem wird das Unglück der Gefangenen und Besiegten in der absoluten Umkehrung der königlichen Lebensumstände erforscht; in Letzterem ruft die Parade der trojanischen Frauen die großen Themen der Literatur in Erinnerung. *Helena*: die Kulissen des trojanischen Krieges, die Rückseite sowie die grundlegende Wandlung der Personen. Elektra, die klagende, hört zu klagen auf und tritt hinter Orest zurück. Gibt es etwas Wahnsinnigeres, etwas, das *differenter* wäre, neuer als die *Bacchantinnen*?

Die Frage nach den Quellen stellt sich nicht. Euripides erfindet den Mythos jedes Mal. Das Alte ist neu, es wird erschaffen. Silenos kommt in der Episode bei Homer, die dem *Zyklopen* des Euripides zugrunde liegt, nicht vor. Und Polyphem selbst, dieser ungeheuerliche, einäugige King Kong, ist in seiner neuen Beziehung zu Silenos, seinem Liebhaber und Sklaven, nicht weniger euripideisch. Die klassischsten Versatzstücke, die aus einem geschätzten und allgemein verbreiteten Fundus stammen, sollten sich wie ein Roman lesen lassen, ohne Anmerkungen und Referenzen. Man muss die Mythologie nicht kennen, um diesen Meister der Fiktion zu lesen. Doch soll man ihm aufs Wort glauben. So oder so, er ist die Mythologie, seine Version ist es, die meistens als Dokument angesehen wird. In welchen Schwierigkeiten würden wir stecken, wenn wir tatsächlich alle dreiundsiebzig Stücke, von denen nur Fragmente überliefert sind, in unseren Händen hielten? Mir war von Anfang an klar, dass ich sie hier außen vor lassen würde. Denn hauptsächlich ging es mir darum, den Geschmack am Romanesken zu erforschen und die Sorge um einen reibungslosen Ablauf im virtuellen theatralischen Raum, der nach der Regel der drei Einheiten aufgebaut ist (die nicht unbedingt das Wahrscheinliche zur Antriebskraft noch die Unbeugsamkeit zum Grundsatz hat).

Nichts stützt die Auffassung, dass die großen Ideen, die dieser Dramatiker, der als Philosoph bezeichnet wurde, zur Sprache bringt, einem System angehören, an das er geglaubt hätte: sophistisch, sokratisch oder anaxagoreisch? Man vernimmt die Sprache der Figuren, nicht die des Autors. Der Philosoph stellt sich in den Dienst des Dramas, nicht umgekehrt.

In manchen Stücken verwundert das Übermaß an »Theaterkniffen«, wie man dies nennt, seit die klassische französische Tragödie des siebzehnten Jahrhunderts mit ihrer majestätischen Nüchternheit in Erscheinung getreten ist, um für kurze Zeit eine führende Stellung zu bekleiden und dann unausweichlich zu erlöschen. Und während ein Kniff auf den nächsten folgt, bevölkern zahllose Metamorphosen, Gespenster und Masken die Szenerie, wobei es sich immer um einen Anschlag auf die Immobilität des Sichtbaren handelt. Das junge Mädchen verwandelt sich in einen Baum oder in eine Kuh. Die makellose Schönheit einer Frau träumt den Traum, ein pelziges Tier oder Ungeheuer zu sein. Der Lebende gibt sich als Toter aus und die Tote als Lebende. So zum Beispiel in den *Bacchantinnen*, in *Helena* oder in *Orest*. Am Schluss, wenn die Zukunft entsetzlich zu sein verspricht, steigt der segensreiche Gott von seiner Maschine, um alles auszuradieren. *Happy end*. Die Illusion hält den Zuschauer zum Narren und lässt sich keinen Strich durch die Rechnung machen. Denn die Erscheinungen und verrückten Masken sind maßgeschneidert für etwas Unsichtbares, Flüchtiges, das sie verdecken. Die Maskerade widersteht der Turbulenz der Dinge.

Ende des fünften Jahrhunderts vor unserer Zeitrechnung nimmt der tragische Schrecken mehr Platz im Leben des Atheners ein und besitzt mehr Kraft, als wir ihm heute zusprechen. Der Euripides der *Alkestis*, der *Bacchantinnen*, des *Rasenden Herakles* jagt uns keine Angst mehr ein. Es fällt uns schwer, die Verwandlung des Kadmos und der Harmonie in Schlangen am Ende der *Bacchantinnen* ernst zu nehmen. Gleichwohl hausen die Dämonen in den Körpern, in den Finsternissen ihrer unvergänglichen Schicksale. Sie bestimmen die Haltungen und Rollen dieser Körper, im Sinne Heraklits: »Der Charakter ist der Dämon des Menschen.« (Fragment 119.) Der Charakter oder die Rolle. Erweckt man nicht diese unsichtbare Welt, diese Welt des Spuks, die überall im Himmel und auf Erden von Trugbildern und Gespenstern bevölkert ist, heimgesucht von Riesenschlangen sowie Ungeheuern aller Art, entgehen einem die vielen impliziten Korrelationen, wie sie sich dem Publikum aufdrängen und dem Autor, der sich an das Publikum richtet.

Wie Charles Lamb und seine Schwester[1], die Shakespeare neu geschrieben haben, ist es mir ein Vergnügen gewesen, mir Geschichten zu erzählen.

Jean Bollack hat die ersten Fassungen dieses Buchs gelesen.

Chantale Cabanne hat ihm Gestalt verliehen.

Ohne die freundschaftliche und aufmerksame Lektüre von Rossella Saetta Cottone wäre dieses Buch nie erschienen.

ALKESTIS

Die Tote

APOLLON

O Haus des Admetos, wo ich es litt,
Den Tisch der Bediensteten für gut zu befinden, ich, ein Gott!
Zeus war der Grund, er hatte meinen Sohn getötet …

(Vers 1–3)

In Thessalien, einer begnadeten Region Griechenlands, herrschte einst ein König, Admetos, Günstling der Götter und geliebt vom Volk. Er hatte eine Frau, die schöne und gutmütige Alkestis; sie war von edler Herkunft und hatte ihm reizende Kinder geboren. Ein Zeichen seltener Gunst war es gewesen, dass Apollon, der Gott des Lichtes und der Poesie, zu ihnen gekommen war, um die Rinderherden auf den Weiden zu hüten. Beim Klang seiner Götterflöte liefen die wilden Tiere herbei, Löwe, Luchs und Rehkitz, und tanzten den Reigen.

Apollon büßte mit seiner Fron ein Vergehen gegen Zeus, den König der Götter. Der Sohn, den er von Koronis bekommen hatte, Asklepios, der zugleich Hexer und Heiler war, konnte dank seines Wissens durch Drogen Tote zum Leben erwecken. Koronis aber war keine Göttin, sondern eine Sterbliche. Und somit stand es Asklepios nicht zu, Menschen auferstehen zu lassen; diese hoheitliche Macht war den Göttern vorbehalten. Zeus hatte ihn zur Strafe mit seinem Blitz niedergestreckt, wofür sich Apollon an seinem Vater rächte und die Zyklopen tötete, die jene Feuerwaffe hergestellt hatten. Wegen dieser Tat der Auflehnung musste er sich als landwirtschaftlicher Hilfsarbeiter bei einem Sterblichen verdingen. Zum Glück nur vorübergehend.

Eingangs schon, ohne dass irgendein Grund oder eine Schuld es erklärte, gelangt das Glück des Admetos und seiner Familie an sein Ende; vielleicht gerade wegen seines Ausmaßes.[2] Das Schicksal hatte den König einem frühen Tod geweiht; jung, tapfer und reich, wie er war, sollte es ihn treffen, das allen Sterblichen, Arm und Reich gemeinsame Los, in jedem Alter sterben zu können. Das Los des Königs aber ist in aller Munde. Die Notwendigkeit, dieser unzugängliche Dämon ohne Altäre, hatte es so entschieden. Das bevorstehende Ableben konnte er vermeiden, wenn er einen Stellvertreter fände, der an seiner statt in den Tod ginge. Aber es war nicht leicht, einen Dienst dieser Art gewährt zu bekommen. Das eigene Leben ist für jeden von uns das kostbarste Gut, das des anderen ist nie den gleichen Preis wert. Und dieser Stellvertreter musste freiwillig sterben. Es wäre ein Akt der Unterwerfung ohne Gegenleistung, eine wahrhaftige Gabe, eine Opfergabe für die Unsterblichen.

Der Vater von Admetos, ein abgetakelter Greis, versteht nicht, wie sein Sohn es wagen kann, ihn um ein solches Opfer zu bitten. Diese Art von Moral ist ihm fremd. Er hat schon genug damit zu schaffen, sein eigenes Leben zu führen, ganz einfach nur zu überleben. Sein Sohn möge sich selbst darum scheren, das seine zu retten! Jedem das Seine! *Whose life is it after all*? Der Vater vergleicht sich mit dem Sohn; er nennt Feigheit beim anderen das Nein, das er selber spuckt und keift. Soll man es ihm nur zum Vorwurf machen, ein Toter spürt gar nichts mehr; und er glaubt an kein Weiterleben. Die Mutter von Admetos denkt wie ihr Gemahl. Im Übrigen kommt es niemandem in den Sinn, die arme Alte nach ihrer Meinung zu fragen.

Es sind kleine geizige Tattergreise. Ganz anders als die Familie ihres Gemahls opfert Alkestis, die großzügige, der Tochter eines Königs und der Gemahlin eines Königs würdig, ihr Leben. Sie willigt ein, ins Grab hinabzusteigen, ins Nichts, mitten aus dem Leben, aus dem erfüllten Glück, traurig wird sie nur bei dem Gedanken, allein zu sterben und dieses Schicksal nicht mit ihrem Gemahl zu teilen, wie sie alles andere mit ihm geteilt hat. Sie ist ihm Vater und Mutter, deren Platz sie einnimmt, sie schenkt das Leben. Ihr Tod ist schmerzhaft und grandios: Sie stirbt öffentlich. Und das Schauspiel zieht sich. Die finstren Bemerkungen ihrer Schwiegereltern und anderer, die wie jene sind (»Da sieht man mal, zu was Heiraten alles gut sein kann«), und der Spott, den sie für Admetos übrig haben (»Heirate mehrere, dann lebst du länger«), bringen sie nicht von ihrem Entschluss ab. Sie ist die vollkommene Frau einer archaischen Gesellschaft. Als treue Gattin und bewundernswerte Mutter, die sich ihres Ranges als Frau und Königin bewusst ist, gewährt sie dem Mann und dem König in allem den Vorrang. In ihren Augen ist ihr Leben weniger wert als das des Familienoberhauptes und des Volksherrschers. Diener, Kinder und Freunde umringen sie. Sie stirbt glorreich in Admetos' Armen; sie sieht sich sterben, sie wohnt ihrem eigenen Tod bei und teilt allen, die ihr beistehen, ihre halluzinierten Visionen mit: »Der Fährmann und die Totenbarke«, gewiss, dann der Tod, der geflügelte Dämon mit den schwarzen Brauen, der sie mit sich reißt. Noch am Leben ist sie schon tot. Wo genau verläuft die Grenze? Auf einen Schlag spürt sie, dass sie nichts mehr ist, dass sie ins Nichts versinkt.[3]

Furcht und Entsetzen überkommen das Haus, das schon lange vor der fatalen Stunde erstarrte und wehklagte. Alkestis hat einen Wunsch geäußert, ein heiliges Testament auf den Lippen einer Sterbenden: Sie, die ihn im Tode vertritt, bittet ihn, sie im Leben nicht von einer anderen Frau vertreten zu lassen, die sich die Kinder und das Haus zu eigen machte. Der Verzicht auf das, was das Leben ausmacht, berechtigt sie zu diesem Rollentausch: Für einmal befiehlt die Frau, die Sterbende umarmt und erstickt den Lebenden; sie vereinigen sich in ein und derselben Negation des Lebens.

Admetos verspricht; er schwört; er verpflichtet sich über jedes glaubwürdige Maß hinaus. Gewiss, er ist nicht Orpheus, der Dichter aus Thrakien, der Hades schwach werden ließ; er kann nicht in die Hölle hinabsteigen und die Tote zurückholen. Aber sie wird Tag und Nacht mit ihm leben: Er wird sich eine Puppe anfertigen lassen, die ihr ähnlich sehen soll, und mit ihr im ehelichen Bett schlafen; er wird sie an sich drücken; er wird sie in seiner Einbildung und in seinen Träumen sehen, sie wird da sein, wenngleich abwesend. Selbst im Tode wird er noch mit ihr sein, mit der in der Statue verewigten Frau, ruhend im selben Sarg aus Zedernholz.[4] Nein, sie ist nicht tot, er hat sich eine andere hergestellt.

Alkestis ist kaum aus dem Leben geschieden, da taucht Herakles auf, der wohltätige Held, der Athlet mit dem großen Herzen. Ein Auftrag von Eurystheus, seinem Gebieter, hatte ihn auf den Weg nach Thrakien geführt. Er sollte dort die Pferde des Diomedes entführen, eines Königs aus der Umgebung, blutrünstige Pferde, die rohes Fleisch verschlingen. Das Haus des Admetos kannte er gut, und er hatte schon dessen Gastfreundschaft genossen; es lag auf seinem Weg; er kehrt dort ein; er würde ein paar Auskünfte über seinen Gegner in Thrakien bekommen, sich stärken, einen Freund wiedersehen, den er unglücklich wähnt. Ihm war zu Ohren gekommen, dass es seiner Frau schlecht gehe; er erkundigt sich nach ihr, aber er versteht nicht den Sinn der Antwort, die Admetos ihm gibt: »Sie ist und sie ist nicht.« Die Formulierung verstört ihn; sie passt nicht in seine einfache und starke Ringer-Philosophie. Er ist kein Intellektueller; Metaphysik schmeckt ihm nicht. Wer lebt, ist nicht tot, und wer tot ist, lebt nicht. Das Glück, verdammt noch mal, liegt im Augenblick, im Vergessen und im Wein. Wie sollte er da verstehen, dass sie tot und lebendig nur in Admetos Verzweiflung ist? Das enigmatische Wort ist dunkel, aber es ist angemessen: Abwesenheit und Anwesenheit charakterisieren sehr wohl das flüchtige

Fantasma, das im bestürzten Palast auftaucht und wieder verschwindet.

Um Herakles empfangen zu können, ist Admetos eifrig bemüht, ihm den Tod von Alkestis zu verheimlichen; sein Ungestüm habe etwas Exzessives an sich, etwas Unsinniges, gesteht er. Sein Drama sei eine Privatangelegenheit, die nur die Familie etwas angehe. Sein Unglück dem Freunde offenbaren hieße die Freude der Begegnung trüben. Doch im Grunde widerstrebt es ihm, mit seinem Freund darüber zu sprechen, weil ein klares und öffentliches Wort seinen Traum zerstörte, die Illusion, in der er Zuflucht sucht: mit ihr zu leben. »Tot sind die Toten«, dieser Schrei, den er ausstößt, als er Herakles in das bestürzte Haus führt, in dem sich der Held des überschäumenden Lebens bacchantischen Räuschen hingeben wird, dieser Schrei ist eine Herausforderung: Nein, sie, sie ist nicht tot!

Herakles' Großherzigkeit ist es, die ihn, als er während des Festgelages inmitten des Singens und Grölens von einem weinenden Sklaven die Wahrheit erfährt, in ein wahnwitziges Abenteuer treibt; er macht sich auf, dem Tod die Beute streitig zu machen, obwohl er weder das Wissen noch die Zauberkraft dazu besitzt; er hat nicht die Mittel der Medizin eines Asklepios; und die orphischen Formeln, wie sie geschrieben stehen auf den thrakischen Tafeln, fehlen ihm auch. Er hat nur seine Arme und seine Manneskraft, um das Übel zu bekämpfen. Alkestis' Körper liegt in seinem Grab außerhalb des Palastes. Aber der Tod neben ihr, der alles Fleisch verschlingt, wie die Pferde des Diomedes, die der Held zu besiegen ausgezogen war, trinkt bereits das Blut der geschächteten Opfergaben.

Als Herakles zu Admetos zurückkehrt, bringt er ihm eine Frau mit; ihr Gesicht ist hinter einem Schleier verborgen; er habe sie als Preis bei einem Wettkampf erhalten, auf dem man Pferde,

Vieh oder eben Frauen gewinnen konnte. Er sei bereits auf dem Weg nach Thrakien gewesen, aber er habe kehrtgemacht, um sie dem Freund bis zu seiner Rückkehr anzuvertrauen. Er wäre selbst hinabgestiegen zu den Toten, um ihm Alkestis zurückzubringen, wenn er es denn vermocht hätte, er schwört es – er habe es bereits einige Male getan –, aber wenigstens möge er doch nun diese Frau da nehmen, um sein Leid etwas zu lindern. Es ist eine Frau, nicht wahr? Die Liebe steckt in jeder Frau.

Für Herakles wird es alles andere als einfach sein, den Witwer zu überreden, die Unbekannte, verborgen hinter ihrem Schleier, der so undurchdringlich wie ein Leichentuch ist, aufzunehmen. Sein Kummer wird seit der Grablegung immer größer, und je mehr Zeit vergeht, desto mehr nehmen Niedergeschlagenheit und Trauer zu, bis er von ihnen gänzlich eingenommen ist; es ist eine posthume Reue, eine einsame Verpflichtung, eine Liebe gegen die Natur. Der ihm von Alkestis abverlangte Treueschwur bindet ihn für immer, und »immer« ist kein Wort für Lebende. Er verweigert sich, er sucht nach Ausflüchten, er windet sich, er bedauert, bis er endlich so weit ist, die Frau zu betrachten, zögerlich zunächst, sie mit der anderen, die er verlor, zu vergleichen und sie mit ihr vergleichend abzuweisen, denn sie habe kein Recht, der Toten zu ähneln. Und doch gleicht sie der Holzpuppe, die er sich für seine Witwernächte hatte anfertigen lassen. Schließlich aber reicht er ihr die Hand auf Empfehlung seines Freundes; und diese Hand, die auf den Grabstelen zu sehen ist, bedeutet, dass er sich um sie kümmern wird. Wie sie auch das Zeichen des Erkennens ist. Herakles treibt die Lösung voran, indem er ihr den Schleier herunterreißt. Sind es der verzweifelte Widerstand des Gemahls, die Willigkeit, die sie zu verbergen trachtet, die ihn in diesem Augenblick zu einer Entscheidung kommen lassen? Der Schwur hält nicht, wenn sich das Leben von neuem anbietet – und Admetos erkennt in der Frau, die er vor sich sieht, die seine, er erkennt sie als Alkestis.

Später wird Herakles prahlend eine andere Version der Geschehnisse zum Besten geben. Die Frau, die er beim Wettkampf gewonnen zu haben behauptete, ja, er habe sie dem Tod abgewonnen, der ihm in der Nähe des Grabes aufgelauert habe. Das Geheimnis ist bis zum Schluss gehütet worden, und dieser Schluss bleibt engimatisch. Was ist wahr? Was ist falsch? Apollon hatte versprochen, Alkestis wieder ins Leben zu rufen. Ist er wirklich ein so guter Weissager?[5] Der unerbittliche Tod wollte nicht einlenken.[6] Hat er gewonnen? An Admetos ist es, sie, die von so weit, vom Grabe, oder vom Markt, Zurückgekommene wieder ins Leben zu rufen, was auch immer die Ursache ihrer versiegelten Lippen gewesen sein mag. Die Statue wird erst nach drei Tagen sprechen. Sie braucht diese Zeit des Schweigens, um sich zu beseelen und in ihr neues Leben zu treten. Zombie ist sie, war sie, wird sie sein. Es ist nicht heiter.[7]

Zahlreiche Gestalten nimmt das Göttliche an,
Zahlreich sind die unverhofften Finten der Götter.
Zu sehen waren Erwartungen, die sich nicht erfüllten,
Und ein Gott, der den Weg des Unerwarteten fand.
So lautet der Schluss dieser Angelegenheit.

(Vers 1182–1186)

ANDROMACHE

Die Gemahlin und die Kurtisane

ANDROMACHE

Pracht der Erde Asiens, Stadt Theben,
Die ich einst verließ mit prunkvollen Geschenken und lauter Gold,
Als ich Hektor zur Gemahlin gegeben wurde,
ihm Kinder zu gebären ...
(Vers 1–3)

In den Ebenen Phthias, am Rande eines Hochplateaus im Nordwesten Griechenlands, lebte das Volk der Myrmidonen. Achill, ihr Anführer, hatte sie in den Krieg gegen Troja geführt; er selbst war in der Schlacht gefallen.

Eine trojanische Prinzessin wurde nach der Niederlage und der Brandschatzung der Stadt als Gefangene nach Phthia verschleppt. Die Krieger aus ihrer Familie waren alle tot. Die Frau hieß Andromache; ihren Gemahl, Hektor, hatte sie durch das Schwert des Achill verloren, und Astyanax, ihren noch ganz kleinen Sohn, hatte man bei der Einnahme der Stadt von den Festungsmauern in die Tiefe gestürzt. Hektor war ein großer, ein großzügiger und weiser Prinz. Beim Aufteilen der Kriegsbeute fiel seine Frau, wie zu erwarten war, Neoptolemos zu, dem Sohn des Achill. Die Frau des größten trojanischen Helden konnte nur dem Sohn des größten Helden der Griechen zukommen. Von ihm bekam sie ein Kind, Molottos; sie schenkte also dem Mann, der ihren Gemahl getötet hatte, einen Enkel und seinem Sohn, dessen Grausamkeiten während der Plünderung Trojas ohnegleichen gewesen, einen Sohn. So lautet das Los der Sklavinnen: Bastarde ihren Herren und Feinden zu gebären.

Ihr Herr war ihr gut, zu gut in den Augen Hermiones, seiner neuen Frau. Neoptolemos begehrte diese nicht, sodass sie, verbittert und wutentbrannt, ihren Zorn gegen die Sklavin richtete, die ihr den Gemahl durch die willfährigen Bande des Fleisches abspenstig machte, ihr, der reichen und verwöhnten Prinzessin aus einem der mächtigsten Häuser Griechenlands, der einzigen Tochter des Menelaos und der Helena aus Sparta. Hermione verstand nicht, wie man ihr, es sei denn aufgrund von Liebestränken, eine Barbarenfrau, eine vom Schmerz verzehrte Mutter, vorziehen konnte. Tatsächlich aber atmete der Prinz auf Andromache die Luft des Gemetzels. Sie hingegen hatte nie in dieses Bett gewollt, das ihr durch die Vermählung ihres Herrn eigentlich versagt war. Nicht die Liebe hatte sie dazu gezwungen, sondern das Gesetz des Krieges.

Neoptolemos befindet sich nicht in Phthia, er hat sich zum Tempel des Apollon in Delphi begeben. Ehrfurchtslos, wie es nur der Sohn des Achill sein konnte, war er zuvor bereits einmal dort gewesen, um von dem Gott Entschädigung zu verlangen für den Tod seines Vaters: Apollon hatte ihm in Troja nicht zur Seite gestanden. Es war ein und derselbe Grimm, ein und derselbe Zorn gewesen, der bereits den Vater dazu gebracht hatte, sich mit Agamemnon zu überwerfen – ein unseliger Groll, der den Tod Tausender Griechen nach sich gezogen hatte. Dieses Mal wird Neoptolemos als Büßer in Delphi vorstellig, er möchte seine Klage zurückziehen.

Diese zweite Reise, die Rückkehr zu den heiligen Stätten, steht im Zeichen großer Sorge. Welche Angst treibt ihn nach Delphi? Die Reue wegen seines damaligen Wutrauschs, als er den Tempel in Schutt und Asche legen wollte? Oder der Kinderwunsch, der in einem bestimmten Alter Mann und Frau überkommt und sie nach Delphi führt, das für seine obskuren Antworten berüchtigte Orakel zu befragen? Dabei dürfte er doch wissen, warum seine Frau steril ist. Was erhofft er sich? Oder aber sinnt gar der Gott, den Trojanern gewogen, auf seinen Untergang und stößt ihn in eine Falle? Bereits die erste Reise hatte seiner bevorstehenden Ermordung den Boden geebnet, ohne dass er sich dessen gewahr wurde. Sie hatte ihm den Ruf eingebracht, ein Frevler zu sein; dies erlaubte seinen Feinden dann, Ränke gegen ihn zu schmieden.

Die Frauen sind allein in Phthia zurückgeblieben. Andromache hat Angst. Sie weiß, dass Hermione ihren Vater herbeigerufen hat; er hält sich bereits im Palast auf, entschlossen, sein Gesetz walten zu lassen; er will seine Tochter von ihrer Rivalin befreien und auch das Kind töten, das sich eines Tages zum Werkzeug der Rache aufspielen könnte. Sie aber, umgeben von solchen Raubtieren und Geiern, sie hat Molottos in ein befreundetes Haus bringen lassen, um ihn dort zu verstecken, und flüchtet selbst an den Altar der vor dem Palast stehenden Statue der Thetis, Göttin und Mutter des Achill. Die Lage ist hoffnungslos. Doch zum Glück findet sie eine Verbündete in Gestalt einer Sklavin, die ihr Sklavenschicksal teilt: ihre ehemalige Sklavin. Es gibt nur einen einzigen Ausweg: durch diese Frau Peleus, Achilles greisen Vater, zu benachrichtigen, der bei sich zuhause weilt, in der Nähe Phthias. Er möge kommen und ihr beistehen. Doch die Sklavin lässt sich bitten: Immerhin ist sie nicht mehr zum Gehorsam gegenüber ihrer Herrin von einst verpflichtet; sie gehören nun zum selben Stand. Aber ihr elendes Leben ist keinen Pfifferling wert. Da die anderen nichts auf es geben, betrachtet auch sie selbst es als wertlos. Im Grunde hat sie nichts zu verlieren, und so nimmt sie die Gefahr auf sich. Sie wird sich zu Peleus begeben und ihm von der Notlage berichten, in der sich sein Urenkel und dessen Mutter befinden. Auf dass er ihnen zu Hilfe eile, er, der ihr einziger Beistand sei.

Unterdessen lässt die Prinzessin Hermione es sich nicht entgehen, auf dem Platz vor dem Palast die Sklaven-Königin zu hänseln. Über und über mit Juwelen geschmückt und in prunkvolle Stoffe gekleidet – Reichtümer aus dem Hause ihres Vaters in Lakonien, die sie in die ärmliche Bleibe ihrer neuen Familie mitgebracht hatte – lästert sie gegen ihre Rivalin, spottet über deren

Unglück und droht, ihr die entwürdigendsten Arbeiten aufzutragen. Im Bett des Neoptolemos, so sagt sie ihr, sei es zu einem Rückfall in die abscheulichen Vorlieben der Barbaren gekommen; sie macht sich zur Richterin über ihre Schwelgereien. Die Griechen hingegen, sie seien stolz auf ihre Monogamie. Andromache versteht sich darauf, ihr zu antworten; ihr Verstand ist ihre Waffe. Wenn die Barbarin klüger ist als die Griechin, dann weil die Gefahr für Leib und Leben, wie sie über ihr und ihrem Sohn schwebt, ihr Ideen und Worte eingibt. Hermione gelingt es nicht, eine Frau zu entwürdigen, die den Vorteil besitzt, alles verloren zu haben, und um ihr Leben kämpft. Das Fleisch, sagt sie, sei nur dann wonnenreich, wenn die Seele schön ist. Sie ist stark genug, den Finger in die Wunde der Gemahlin zu legen: frustrierte Libido; und schließlich fügt sie jener den schlimmsten Streich zu, indem sie ihre eigene Großzügigkeit erwähnt, in Troja die Bastarde ihres Mannes gestillt zu haben. Sie, die Trojanerin, verstehe sich besser darauf, ihren Mann an sich zu binden. Die beiden Frauen führen ein unerbittliches Wortgefecht. Die eine beschämt die andere ob deren Freizügigkeit; jene Erstere ob der Hysterie, die sich in den Vorhaltungen zu erkennen gebe. Der Streit kann nur mit dem Tod der Schwächeren enden, und diese ist Andromache.

Die Gefangene hat es mit der Macht zu tun, und die Macht gewinnt immer. Es wird ihr nicht helfen, sich dem Schutz der Thetis anempfohlen zu haben. Menelaos hat das Versteck des Sohnes ausfindig gemacht. Er stellt die Mutter vor eine Entscheidung: Entweder verlässt sie ihr Asyl, oder aber ihr Sohn wird vor ihren Augen geschlachtet. Andromache verausgabt sich bei dem Versuch, ihm darzulegen, dass der Tod des Kindes für Hermione nicht von Vorteil sein werde: Sie werde verstoßen werden und niemand mehr werde sie begehren. Menelaos aber weiß, dass er der Stärkere ist. Andromache verlässt das Heiligtum; sie glaubt, so das Kind zu retten; der König aber hält sich nicht an die Abmachung: Es gibt keinen Schwur, an den sich ein König halten muss. Die Falle schnappt zu, sie wird hingerichtet werden. Das Los ihres Sohnes aber liegt in Hermiones Hand. Es ist besiegelt.

Spartas Tochter wird ihm nicht das Leben schenken. Sie hasst in ihm nicht nur das lebendige Abbild ihrer Erniedrigung, sondern sie weiß wie ihr Vater, dass das Gesetz des Krieges lautet, die Kinder des Feindes restlos auszurotten. Denn anders droht tödliche Rache, wenn auch nicht heute, dann umso gewisser eines Tages.

Die beiden Verurteilten, Mutter und Kind, fallen vor Menelaos auf die Knie; sie flehen ihn an, ihnen das Leben zu schenken. Er jedoch lässt sich nicht erweichen. Er hebt sein Schwert, aber – unglaubliches Glück – da erscheint Peleus; Andromaches Nachricht hat ihn erreicht. Gerade noch rechtzeitig, um dem tödlichen Streich, der Kind und Mutter hinwegzuraffen drohte, zuvorzukommen. Sein Zorn ist schrecklich, der greise Grimm eines ehrwürdigen Alten, den man wie ein Nichts behandelt hatte. Er gehöre zu den Großen dieser Welt, trotz seiner Armut. Standesgemäß seien er und Menelaos einander ebenbürtig. Der Schwiegervater seines Enkels habe daher auf seinem Besitz keine Rechte – es sei denn jenes, Gutes zu tun. Der Bastard Molottos gehöre zum Herrscherhaus.

Mit Peleus' Erscheinen hat sich die Lage völlig verändert. Menelaos ist überwältigt. Er zieht ab, kleinmütig, besiegt von der Majestät des Alten, und seine Tochter lässt er im Stich. Er ist ein Feigling. War er dies nicht immer schon gewesen? Peleus ruft in Erinnerung, wie Menelaos sich in Troja verhalten habe, als ihm Helena, seine Frau, zurückgegeben wurde. Sie war der Anlass für den Krieg gewesen, da sie sich von Paris, dem Trojaner, hatte entführen lassen. Anstatt ihr eine gehörige Abreibung zu verabreichen, sei er vor Verlangen dahingeschmolzen, als sie ihm ihre nackten Brüste darbot.

Die Lage hat sich verkehrt. Andromache hat nichts mehr zu befürchten. Nun ist es an Hermione, vor Schrecken zu erstarren. Das Luder überkommt eine horrende Angst. Alles scheint besser als eine infame Strafe; so ruft sie nach dem Tod als letzter Ausflucht. In ihrem Wahn zögert sie zwischen dem Strang und dem Schwert, sie zetert, sie zerreißt sich ihre Kleider, entblößt ihren Busen, sie zerkratzt sich, fügt sich selber Wunden zu; doch die Tochter vermag es nicht, es ihrer Mutter, Helena, gleichzutun; sie schreit immer lauter, außer sich, maßlos.

Ein weiteres Mal greift der Zufall in den Lauf der Dinge ein. Das Schlimmste ist nicht immer gewiss. Nun kommt der Unglücklichen das Unerwartete zu Hilfe. Um Andromache zu retten, erschien Peleus im letzten Augenblick. Für Hermione erscheint ein Vetter, Orest, ein ehemaliger Geliebter, ein Ex. Einst war sie ihm durch ihren Vater versprochen worden, bevor jener dann seine Meinung änderte und sie dem Neoptolemos gab, wofür Menelaos das Recht erwarb, an der Plünderung Trojas teilzuhaben; schon damals brach er, feige und verräterisch wie jetzt, sein Wort. Orest trägt es Neoptolemos nach, dass jener damals, als er ihn aufgesucht, um Hermione von ihm zurückzuverlangen, diesem Ersuchen nicht stattgegeben hatte. Hermione und er sind Vettern und vom selben Geblüt; sie sind Atriden, gierig, zynisch, unerbittlich. Seit dem Mord an seiner Mutter ist er zudem verfemt und ohne Frau. Als ihm der Zwist zwischen Hermione und ihrem Gemahl zu Ohren kommt, beginnt er den Komplott anzuzetteln, der Neoptolemos ins Verderben stürzen soll, zumal er diesen in Delphi weiß, wo er selbst über gute Verbindungen im Apollon-Tempel verfügt. Nun also ist Orest aus Delphi in Phthia eingetroffen, um die Schlechtvermählte an sich zu reißen.

Der Plan wird aufgehen. Eine letzte Auswirkung des großen Krieges, dessen Opfer Andromache sein wird. Die beiden Heere haben all ihr Blut vergossen. Das Schlachtfeld des Hasses ist nun ein anderes, aber der Hass ist nicht versiegt. Der Sohn des Agamemnon und der Sohn des Achill kämpfen um eine Frau.

Der Tod des Neoptolemos wird sorgsam vorbereitet, in vier Schritten während zweier Reisen. Neoptolemos hatte sich ein erstes Mal nach Delphi begeben und sich dort mit all seinen Anklagen und Drohgebärden schändlich aufgeführt. Orest erntet in der heiligen Stadt die Früchte dieses jugendlichen Leichtsinns. Er setzt Gerüchte gegen den Prinzen in die Welt und nährt das Misstrauen der Delpher gegen ihn, bevor er sich selbst nach Phthia begibt, um dort eine untröstliche Gemahlin in Empfang zu nehmen, während ihr Gemahl abwesend ist. Orest wird zurück in Delphi sein, wenn Neoptolemos, dessen erbärmlicher Ruf ihm vorauseilt, seinerseits dorthin zurückkehrt, um sein Vergehen gegen den Tempel des Gottes wiedergutzumachen. Orest aber schürt den Zorn der Priester und Gläubigen: Nicht an Wiedergutmachung denke der Myrmidone, sondern nach Zerstörung gelüste es ihn; er wolle gewiss mit seiner Bande alle Schätze des Heiligtums rauben. Orest wohnt dem Lynchmord an seinem Rivalen bei und sieht mit an, wie jener von einer wutschnaubenden Menge vor dem Altar gesteinigt wird. Der Gott, Hüter des Rechts, hat die Mörder walten lassen.

Die Boten treffen zu spät ein, um Peleus vor diesem Komplott zu warnen. Und die Diener eröffnen ihm just in diesem Augenblick, dass Hermione mit Orest geflohen sei. Der Alte hat kaum Zeit, sich über all das den Kopf zu zerbrechen, da wird ihm auch schon der geschändete Leichnam des Neoptolemos gebracht.
Die Göttin Thetis, die Mutter des Achill, greift erst ein, als die Geschichte schon zu Ende ist. Als sie hätte da sein müssen, war sie

es nicht. Nun aber erscheint ihr wundersames Antlitz; sie erteilt Befehle, verwaltet das Desaster. Neoptolemos solle in Delphi bestattet werden; sein Grabmal möge zum Mahnmal der Schande werden, die Orest und seine Mordgesellen auf sich geladen haben. Andromache werde den Priester und Hellseher Helenos heiraten, den Sohn des Priamos, des besiegten Königs von Troja, also das einzige der fünfzig Königskinder, das die Niederlage überlebte. Molottos werde eine Dynastie begründen. Und Peleus möge, nach den Bestattungsriten, in das Haus des Nereus geleitet werden, des Vaters der Thetis; er werde dort mit ihr wohnen, in der Nähe Achills, ihres Sohnes. Fünfzig Nereiden werden ihn in seine neue Wohnstatt eskortieren.

[…] nicht die Schönheit … nein,
Sondern die Eigenschaften der Seele bewirken
die Wonnen im Bett.
(Vers 207 f.)

DIE BACCHANTINNEN

Die Orgie

DIONYSOS

Hier bin ich nun im Land der Thebaner, ich,
Sohn des Zeus, Dionysos ...

(Vers 1 f.)

Es war in Theben, in Griechenland, ein junges Mädchen von großer Schönheit, Tochter des Königs Kadmos; sie hieß Semele. Semele hatte drei Schwestern, die wohl weniger schön waren; jedenfalls war sie es, in die sich Zeus verliebte, der Gott und Herrscher über die Götter. Von ihm bekam sie einen Sohn. Im siebten Monat ihrer Schwangerschaft ward sie vom Blitz erschlagen, das Kind aber wurde aus ihrem Bauch geholt und durch ein unglaubliches Wunder und unvergleichlich geschickte Hände in den Schenkel des Zeus genäht. In dieser väterlichen Hülle verbrachte es die verbleibende Zeit seines Heranreifens und wurde aus einem männlichen Schoß geboren. Aus Eifersucht setzte Hera, die Frau des Zeus, alles daran, es aus der Welt zu schaffen; man narrte sie, indem man ihr einen aus Wolkenluft geformten Doppelgänger übergab; zudem schenkte ihr der göttliche Schenkel ihres Gemahls zur Besänftigung ihrer Wut seine galante Aufmerksamkeit.[8]

Der Neugeborene wurde Dionysos genannt; in seinem Namen trägt er den Namen des Vaters, Zeus. Im Unterschied zu anderen Kindern aus einer Verbindung zwischen Sterblichen und Unsterblichen war er ganz Mensch oder Tier, wenn er sich unter diese Wesen mischte; aber ganz Gott, wann immer er dies wollte.[9] Denn er war ja während der entscheidenden Phase der Ausbildung der Gliedmaßen von seinem Vater ausgetragen worden. Mitunter geschah es, dass in ihm der Mensch zum Gott sprach oder er sich selbst als einen anderen bezeichnete: als einen Gott, wenn er Mensch spielte, als einen Menschen, wenn er Gott war. Er war wie ein Wandertheater für sich allein, eine Dialog-, wenn nicht gar eine Musikbox, ein ironischer und merkwürdiger Bauchredner.

Semele aber hatte der Verleumdung – oder dem Neid – nicht entgehen können. In der Stadt erzählte man sich, dass der Blitz, der sie erschlagen hatte, eine Strafe gewesen sei. Ihre Schwestern sagten, sie sei gar nicht die Geliebte des Zeus gewesen: Sie habe schlicht und ergreifend mit einem Unbekannten geschlafen und es dann dem Gott in die Schuhe geschoben; diese Lüge habe ihren Untergang besiegelt: Zeus hätte sie mit seinem Feuer bestraft. Ihr Sohn sei also gar kein Gott; übrigens sei das Kind nie wieder in Theben gesehen worden.

Dionysos kommt in seine Geburtsstadt zurück. Im Orient waren ihm alle erdenklichen Ehren zuteilgeworden. Mehr konnte er nicht wünschen. Nun aber, da er dort herrschte, verlangte es ihn danach, sich an seiner menschlichen Familie in Griechenland zu rächen. Er kehrt in die Stadt seiner Mutter zurück, um die bösen Zungen zum Schweigen zu bringen; er will als der anerkannt werden, der er seinem Wesen nach ist, in seiner Differenz, bei ihm zuhause, in seiner Mutterstadt, in seiner Heimat, von seinem Volk, das seine einzigartige Macht leugnet und ihn weder als das in Theben gezeugte Kind der königlichen Familie noch als den Gott der Trance oder des Rausches anerkennt. Er trifft maskiert ein, als Mensch, aber es ist niemand anders als er selbst, der Sohn der Semele, einer von den Olympiern, ihresgleichen, der Gott des Weines und des Theaters, der Freude und der Ausschweifung, der Anmut und des Begehrens, der Ekstase und des Todes; er geht von einer Gestalt zur anderen über, von einem Geschlecht zum anderen, männlich und weiblich, wie er auch seine Getreuen durch den Wein oder andere Drogen und durch ihre Selbstvergessenheit ganz nach Belieben verwandelt. Dionysos will überall und in vollem Umfang das herrschaftliche Bild erfüllen, seinen glorreichen Namen, den die Menschen und sogar die Barbaren anerkennen, die Thebaner aber, obwohl sie doch Fleisch von seinem Fleisch sind, nicht angemessen ehren; und zudem verneinen sie die Trance, sein Vorrecht, die Fülle seines Doppelwesens. In großen Sprüngen eilt er herbei, in der Hand einen Bacchusstab – den Thyrsos; begleitet wird er von einer jubelnden Frauenschar aus Asien.

Bei seiner Ankunft verwünscht er die bösen Schwestern: Er macht sie wahnsinnig; besessen, im Fieberrausch ziehen sie aus der Stadt die nah bei Theben gelegenen Gebirgshänge des Kithairon hinauf. Die Frauen der Stadt, ihrerseits vom Wahn befallen, tun es ihnen nach und zerstreuen sich im Gebirge, in Felle gekleidet, das Haar wimmelnd vor Schlangen, einen efeuumrankten Stab in der Hand, im Gefolge der dionysischen Getreuen. Keine Frau mehr in Theben, die Welt steht kopf; anstatt ihren häuslichen und familiären Pflichten nachzugehen, haben sie sich die Wildnis zur Heimstatt erkoren. Kadmos, den alten König, überkommt ihr Eifer ebenfalls; er folgt ihnen nach, sogar der Priester und Seher Teiresias, diese ehrbare Persönlichkeit, ja alle Würdenträger der Stadt, sie schließen sich dem alten Monarchen an, um den in der Stadt seiner Mutter erschienenen Sohn des Zeus zu feiern. Und dann gibt es ja auch noch, um den Jubel auf die Spitze zu treiben, die Frauen aus Dionysos' Gefolge, die mit ihm aus Asien gekommen waren; diese sind nicht wahnsinnig, höchstens ein wenig erleuchtet; sie leben durch Dionysos, in der Verehrung ihres Herrn.[10]

Ein junger König hat den Thron bestiegen, Pentheus, Enkel des Kadmos, des Gründers der Dynastie, der ihm die Macht übergeben hatte. Pentheus ist ein Anführer, ihm graut vor der Unordnung; er ist ein Feind der neuen Religion, er glaubt nicht an die irdische Geburt von Göttern; für ihn gibt es nichts Lebendiges, das sich Sohn des Zeus nennen könnte. Er hat einige der Gefährtinnen des Gottes in seine Verließe gesperrt, Asiatinnen, und er nimmt sich vor, die Frauen aus seiner Familie zurück in den Palast zu bringen, und sei es mit Gewalt; er wird dem Fest im Gebirge ein Ende machen. Ihm wurde von der Ankunft eines Fremden berichtet, der das Volk in Aufruhr versetze und die Frauen außer sich geraten lasse. Selbstverständlich denkt der König keine Sekunde daran, dass der Unuhestifter Dionysos höchstpersönlich in menschlicher Gestalt sein könnte. Wenngleich sich dieser Guru Diener des Gottes nennt und die Botschaft vom Göttersohn des Zeus und der Semele verbreitet. Für Pentheus ist er ein Scharlatan und Lustmolch, eine Art Transvestit; der auch nicht das Kind der Schuld sein kann, das mit seiner Mutter verbrannte, vom Feuer des Blitzes verzehrt. Wer wüsste das besser als er, Pentheus? Seine Mutter, Agaue, ist sie nicht Semeles Schwester? Als Kadmos, sein Großvater, ihn beschwört, sich vor dem Zorn eines verhöhnten Gottes zu hüten, treibt ihn dies zur Weißglut, er beleidigt den alten Mann und befiehlt, den Sitz des Teiresias auf den Kopf zu stellen, den Fremden aufzustöbern und ihn in Ketten herzuschaffen: Er soll gesteinigt werden.

Der Wahnsinnige, den Pentheus verfolgen lässt, hat keine Angst vor dem König, denn er ist der Gott. Er lässt sich gefangen nehmen und ins Gefängnis bringen, während die dort eingesperrten Frauen aus seinem Gefolge türmen: Ihre Ketten lösen sich wie von selbst, die verschlossenen Tore öffnen sich vor ihnen wie von Geisterhand.

In Ketten wird Dionysos Pentheus vorgeführt. Er nennt sich einen in die neue Religion Eingeweihten, eingeweiht eben durch jenen Gott, den Pentheus bekämpft. Er ist gelassen, selbstbeherrscht, sanft, während sein Gegenüber außer sich gerät und sich hartherzig zeigt. So wird der Verhörende rasch zum Verhörten. Die Rollen werden vertauscht. Der Unbekannte nimmt die Stelle des Königs ein, er spricht die Drohung aus: Pentheus, der Schmerzensreiche – wie sein Name es sagt –, werde eines schmerzlichen Todes sterben, er sagt es ihm voraus. Glaubt der König, einen Menschen in Ketten gelegt zu haben? In Wirklichkeit hat er sich an dem Gott vergangen.

In der Not aber, in der sich die Mänaden aus Asien, Dionysos' getreue Anbeterinnen befinden, ihres Gebieters beraubt, ersuchen sie den Gott um Hilfe; sie beschwören ihn mit lautem Geschrei, sich zu zeigen. Und da erscheint er ihnen in all seinem Ruhm; er donnert wie Zeus, sein Vater, dem der Donner gehört; er lässt den Palast des ungläubigen Königs vor dessen Augen in Trümmer zerfallen und verbrennen; er steht nicht mehr vor dem König, er fährt vom Himmel herab als springender Bacchant und beruhigt die ihn liebenden Frauen; herzlich scherzend erzählt er ihnen, was sich nach ihrer Befreiung im Gefängnis und im Haus zugetragen hat, wie er sich als Zuschauer ausgab und so tat, als wäre er sich nicht sicher, welchen Namen er dem donnernden Gotte geben solle, ganz seinem doppelten Spiel als Mensch und als Gott nachgehend. Als Pentheus glaubte, den Menschen gefasst zu haben, stand vor ihm nichts anderes als ein gehörnter Stier, und letztlich nur ein Schemen, ein funkelndes Gespenst, das er abzustechen meinte; er war einem Ungeheuer in dreifacher Gestalt ausgeliefert, das all sein Bemühen zunichtemachte, Mensch, Tier, Gott. In alle Richtungen um sich schlagend brach er schließlich erschöpft zusammen.

Von seinen Ketten befreit wird Dionysos erneut verhört. Während des Verhörs trifft ein Ochsenhirte aus dem Gebirge ein, und das Schauspiel, das er schildert, unterbricht das Gerichtsverfahren: Er komme eben erst vom Kithairon zurück; dort habe er die Mutter des Königs mit ihren Schwestern gesehen, inmitten der

Menge der Thebanerinnen, der Mädchen und Frauen. Man habe meinen können, ein Paradies vor Augen zu haben, keusche Weiblichkeit in Eintracht mit allen Tieren, an den Brüsten der jungen Mütter Rehkitze und Wolfswelpen anstelle ihrer zurückgelassenen Säuglinge. Vor lauter Einklang und Wollust habe das Schauspiel wundersam angemutet; und doch sei der Friede, in den alles getaucht schien, befremdend gewesen, etwas Unheimliches sei von ihm ausgegangen. Und blitzhaft habe er sich dann in ein hemmungsloses Bacchanal verwandelt, als die von der Friedensluft irregeleiteten Ochsenhirten versucht hätten, sich Agauens zu bemächtigen, der Mutter des Pentheus, um sie zurück zu ihrem Sohn zu bringen. Die tobsüchtigen Frauen hätten die Rinder erschlagen, mit bloßen Händen in Stücke gerissen, sie hätten sich auf die umliegenden Dörfer gestürzt, die Männer verstümmelt, die Kinder entführt; sie selbst seien unverwundbar. So lautet die Warnung, die der Ochsenhirte aus dem Gebirge überbringt: Der Gott, der diese Frauen anführe, sei groß. Er sei der Meister des Grauens, zudem verfüge er über das Wundermittel schlechthin, den Wein, der alle Sorgen betäubt. Das Gemetzel spreche für sich: Widerstand sei unmöglich, während die Verlockung den Willen bannt und bricht.

Pentheus empfindet die Entfesselung der Bacchantinnen als einen Affront gegen das gesamte männliche Geschlecht. Er wird von einem tobsüchtigen Begehren erfasst: Frauenblut in großen Strömen fließen zu lassen. Der maskierte Gott hört ihm zu, rät ihm vom Kriege ab: lieber eine Einigung erzielen; da aber der König den Verdacht hegt, dass bei den geheimen Versammlungen außerhalb der Stadt eine ebenso verbotene wie unwiderstehlich begehrte Unzucht herrsche, schlägt Dionysos ihm vor, dass er sich selbst ein Bild machen möge. Er werde ihn ins Gebirge führen, aber unter einer Bedingung: dass sich der König als Frau, ja sogar als Bacchantin verkleide, um ohne Gefahr jenen Mysterien beiwohnen zu können. Der König willigt ein, wenn auch widerwillig, wie es scheint; das Begehren führt das Zepter. In diesem Augenblick hat Dionysos gewonnen: Pentheus ist ein toter Mann.

Ein strauchelnder, wahnbefallener, geschwächter König tritt aus dem Palast, er trägt kokette Frauenkleider, Visionen überkommen ihn, er sieht alles doppelt und verwechselt Dionysos zunächst mit einem Stier; er lässt sich von ihm seine Kleider zurechtrücken, Ohrringe anstecken. Zusammen machen sie sich auf den Weg ins Gebirge bis zu dem Tal, in dem sich die Mänaden befinden. Pentheus würde sie gerne besser sehen können; wie merkwürdig, den perversen Spielen beizuwohnen, denen sie sich in seinen Augen hingeben. Etwas weiter oberhalb ragt eine Pinie aus dem Fels, Galgen oder Marterpfahl. Dionysos hilft ihm, sich im Wipfel niederzulassen, er greift nach dem höchsten Ast, biegt ihn bis zum Boden hinunter und lässt ihn dann wieder hochschnellen. Das Opfer ist an seinem Platz, es kann sich nicht mehr rühren, nicht mehr fliehen, an den Baum gekettet, schutzlos den Blicken und Schlägen ausgeliefert. Der König wollte der Beobachter sein, doch nun wird er beobachtet. Eine Stimme von oben zeigt ihn den Frauen: Der zu erlegende Feind ist er, der die Frauen und den Gott verspottete. Ein Blitz fährt herab, als die Stimme zu tönen beginnt: Der Bogen verbindet Himmel und Erde.

Der Gott wiederholt sein Gebot. In der Zwischenzeit haben die Frauen begriffen und sich wieder gefasst; sie beginnen mit dem Ansturm, zunächst übersäen sie den Stamm mit ihren Geschossen, aber er ist zu hoch; also entwurzeln sie ihn mit der Kraft von tausend Armen und ihrer Tobsucht; sie werfen sich auf den zu Boden gestürzten Mann, zerfetzen ihn, reißen ihm alle Gliedmaßen einzeln aus und schleudern die Fleischstücke in die Luft; sie übersäen den Boden und die Sträucher mit vor Blut triefenden

Fetzen. Agaue schnappt sich den Kopf, um ihn triumphierend in die Stadt zu tragen; sie meint, in ihren Händen das Haupt eines Löwen zu tragen: Es ist das ihres Sohnes.

Unterwegs trifft sie auf die Gefährtinnen des Dionysos, die angesichts solchen Unglücks – und obwohl sie es nicht zur Gänze kennen – Wehsal überkommt; und die Verblendung der Königin schürt ihr Mitleid noch; sie schreit lauthals ihren Stolz heraus, dieses Wild mit ihren bloßen weißen Frauenhänden erlegt und zerlegt zu haben, ohne Waffen, ohne helfende Männerhand, und mit kräftiger Stimme ruft sie nach ihrem Vater und ihrem Sohn, um es ihnen zu zeigen. Aus gutem Grunde kann der Sohn nicht kommen, der Vater aber kehrt gerade mit seinen Sklaven aus dem Tal zurück und trägt die Reste des geschundenen Leibes, die er unter großen Mühen aufgesammelt hatte. Der alte König beweint seinen Enkel, das ausgelöschte Geschlecht. Theben womöglich zu Tode getroffen und er beweint das Unglück seiner Töchter. Er öffnet Agaue die Augen für die Wirklichkeit, er lässt sie die Züge ihres Sohnes auf dem abgerissenen Haupt erkennen, er heilt sie von ihrem Wahn. Dies war die schreckliche Strafe, die Dionysos den Schwestern seiner Mutter erteilte. Zusammen legen Vater und Tochter die abgetrennten Glieder aneinander und fügen den Leib notdürftig zusammen.[11]

Aber ihr Schicksal ist noch nicht vollendet, die Buße wird lange dauern. Dionysos lässt sich weder durch Tränen noch von den revoltierenden Schreien des Vaters und der Tochter erweichen, die ihre Fäuste gen Himmel recken. Ja, er ist hartherzig, aber die Schuld wog schwer. Kadmos wird in einen Drachen verwandelt, seine Frau Harmonie in eine Schlange; sie werden Theben auf einem Wagen verlassen, vor den Rinder gespannt sind, an der Spitze eines Barbarenheers; sie werden Krieg führen gegen die Griechen, sie werden ihre Städte plündern, bis sie ihr Heil finden, das sie sich um einen hohen Preis beim Kriegsgott Ares, dem Vater der Harmonie, erwerben müssen. Schließlich werden sie auf die Insel der Glückseligen gebracht werden. Semeles Schwestern haben das harte Gesetz des Exils zu ertragen. Wenigstens Agaue, die Mutter des Geschundenen, wird den Vorzug erfahren, nie wieder den heiligen Berg zu sehen, dessen Anblick sie in Schrecken versetzt, nie wieder etwas von dem zu gewahren, was in ihr die Erinnerung an die Orgie wachriefe, in der sie sich verlor.

Dem Armen, dem Reichen gewährt Dionysos Gleiches:
Den fröhlichen Wein, um alles Leid zu lindern.
(Vers 421–423)

DER ZYKLOP[12]

Das grausame Lachen des Dionysos

SILENOS

O Grollender, durch Dich leide ich tausend Leiden,
Jetzt wie zur Zeit meiner Jugend,
da mein Körper noch kräftig war [...]

(Vers 1–2)

Wir befinden uns auf dem Ätna. Seine Wurzeln reichen bis unters Meer, bis zum unterirdischen Feuer. Auf seinen grasbewachsenen Hängen weiden Kühe und Schafe. Riesige Grotten höhlen seine Flanken aus, Unterschlupf der Zyklopen, der Söhne des Meergottes Poseidon; sie sind die Herren dieser Weiden, Ungeheuer von übermenschlichem Wuchs; auf ihrer Stirn prangt ein rundes Einauge. Sie leben allein in den Berglöchern, ohne Frauen und ohne Gefährten, sie hassen jede Gesellschaft, seien es Götter oder Menschen, sie hassen sich untereinander, Jäger, Hirten, Allesfresser, die sie sind, ernähren sie sich von Milch, Käse und dem Fleisch der Tiere; aber besonders schätzen sie Menschenfleisch; ja, sie sind heißhungrige Menschenfresser und lauern den Seemännern auf, die an ihren Ufern stranden; finden sie einen, kann es geschehen, dass sie ihn bei lebendigem Leibe verzehren, wenn sie ihn nicht über ihren Herdstätten am Spieß grillen; es sei denn, ihnen stünde gerade der Sinn nach einem Ragout, das sie lange in ihren bronzenen Kesseln köcheln lassen.

Eines Tages trieb der Wind auf die Klippen am Fuße des Berges das Schiff des Silenos und seiner Sippschaft aus Satyrn. Die Satyrn sind Waldgeister mit Bocksköpfen, neckische und laszive Geschöpfe; sie haben einen Pferdeschwanz und einen großen Penis. Silenos, ihr Vater, ist ein Fluss- und Quellengeist, halb Mensch, halb Pferd; er hatte sie zur Jagd auf Piraten mitgenommen, die den Gott der Satyrn entführt hatten, Dionysos, den Gott des Weines und der Trance, dem sie in Liebe dienten. Ihr

Schiffbruch lieferte sie den Zyklopen aus. Einer von ihnen Polyphem, machte die Satyrn zu seinen Sklaven; sie hüteten sein Vieh und dienten seiner Wollust, Frauen und Männer vertretend.

An einem andern Tag, etwas später, legte das Schiff eines griechischen Kriegers an dieser Küste an. Es war das Schiff des Odysseus, der aus dem Krieg um Troja zurückkehrte. Mit seinen Seeleuten dem Meer entkommen, war er auf der Suche nach Wasser und Verpflegung, als Tauschwährung hatte er einen Schlauch schwarzen Weins, des stärksten und erlesensten, Geschenk eines Gottes. Zufällig begegnen die Griechen Silenos und den Satyrn; von ihnen erfahren sie, wo sie sich befinden und dass in diesem Land von Anarchisten und Essern – nein, nicht von Brot, sondern von Menschen – die Demokratie so unbekannt ist wie der Trunk des Dionysos. Odysseus hat Wein, er will Brot: Man tauscht mit ihm Käse und Milch. Was täte man nicht alles für ihn, wäre man nicht eine ärmliche Sippe, die so lange schon ihren liebsten Trank entbehrte, jenen Saft, der Rausch und Vergessen wie in künstlichen Paradiesen verheißt. Vor Ungeduld treten die Satyrn von einem Fuß auf den anderen, sie lechzen nach Neuigkeiten über den Krieg. Helena, die Hure – ist sie auch bestraft worden? Hat man sie der Lust der griechischen Helden ausgeliefert, diese Mannstolle? Ist Menelaos auch gerächt worden? Die Satyrn verfluchen die Frauen, außer wenn es darum geht, sich ihrer zu bedienen. Silenos kostet vom reinen Wein, den Odysseus ihm anbietet, und so legt er alle Angst ab; er verspricht, den Griechen zu helfen.

Darüber trifft Polyphem ein; er findet ein heilloses Durcheinander vor; dieses dionysische Treiben missfällt ihm. Als er die Fremden erblickt, die dicht aneinandergedrängt am Eingang zur Höhle kauern, verlangt er nach einer Erklärung. Um einem vorauszusehenden Wutanfall zuvorzukommen, hat sich Silenos blaue

Flecken ins Gesicht geschminkt; er ähnelt einem Mann, den man übel zugerichtet hat. Er ist ein Schlitzohr wie Odysseus, mit einem Wort: ein Grieche. Er jammert und behauptet, sich dem Ansturm der Plünderer entgegengestemmt zu haben; er schreibt den Fremden abscheuliche Absichten zu, gleichzeitig begeistert er sich daran, seinem Meister, dem Zyklopen, die Qualen auszumalen, die er ihm zuliebe ersonnen habe. Von diesen Vorstellungen erhitzt und in Wallung gebracht befiehlt jener, umgehend das Feuer zu schüren, auf dem sie schmoren werden.

Silenos ist nicht nur listig, sondern auch ein Hasenfuß, und ihm wird mulmig. Odysseus ist ein Mann des Krieges, er besitzt Mut und die Waffe des Wortes. Er tritt vor und verteidigt sich; er sagt, der Silene lüge, er habe sich nicht geschlagen, sondern die Lämmer des Polyphem gegen Wein verschachert. Silenos leugnet, doch lauthals zeugen die Satyrn gegen ihn, sie stehen hinter den Fremden; es gibt schlimmere Lügner als Odysseus: ihren Vater vor allem. Doch der Zyklop ist Herr der Lage; die Wahrheit ist seine Sorge nicht; er richtet als Despot. Silenos besitzt sein Vertrauen, er will ihm Glauben schenken.

Der Menschenfresser ist von Natur aus neugierig, er will, bevor er seine Gäste verspeist, Neuigkeiten aus der Welt hören. Odysseus erzählt vom Sieg der Griechen. Alles in allem sei die Vernichtung der Trojaner ein Ruhmesblatt. Polyphem ist da ganz anderer Meinung; welche Schande, sich um eine Frau zu schlagen. Der Name der Griechen bedeute ihm nichts, und die Sittlichkeit einer freien Welt, in der Gäste geachtet werden, noch viel weniger. Den Göttern und den Menschen Feind, sei er nur für die Wollust, und sei es die einsamste wie zum Beispiel die Völlerei; all die Geräusche, die er verlauten lasse, sobald er satt sei, übertönten das bedrohliche Grollen der Donnergewalten des Zeus. Odysseus wird in die Höhle geschleift; er wähnt sich verloren, er ruft Athene an, seine göttliche Beschützerin, und Zeus, den Herrscher über alle Götter. Sie mögen einen Beweis ihrer Göttlichkeit erbringen und ihn aus der Gefahr retten!

Ihm steht der entsetzlichste aller Tode bevor, er wird verenden, man wird ihm eine Gliedmaße nach der anderen ausreißen und ins kochende Wasser oder ins Feuer werfen. In der Höhle ist er ohnmächtiger Zuschauer bei der Zurichtung zweier seiner Seeleute, er muss sogar dem Zyklopen bei diesem schrecklichen Gemetzel zur Hand gehen. Doch der Einfall, der ihm da kommt, ist wahrlich ein göttlicher; er hat den Schlauch mit Wein bei sich. Dionysos wird ihn retten.

Odysseus macht Polyphem und Silenos betrunken. Er hat einen Plan; er schenkt ihnen Becher auf Becher ein, auf dass sie sternhagelvoll werden. Die Wirkung des reinen Weins treibt Polyphem ins Delirium. Der Grieche kann sich aus der Höhle stehlen und für alles Weitere um Hilfe bei den Satyrn ersuchen: Es drehe sich darum, einen Olivenbaumast mit scharfer und im Feuer gehärteter Spitze in das Auge des Zyklopen zu rammen. Um dieses Kriegsgerät, diesen Rammbock zu tragen, sei ihre Hilfe unerlässlich. Im Gegenzug verspricht Odysseus ihnen, sie zurück zu Dionysos zu führen. Die Satyrn willigen mit Freude ein.

Polyphem und Silenos treten aus der Höhle; sie wanken. Bei ihrem Gezeche haben sie rasch den Verstand verloren, sie umgarnen sich, schnäbeln wie junge Verliebte. Schließlich kehren sie in die Grotte zurück, völlig blau, um ihre Knabenhochzeit zu feiern, wobei sie zuvor Odysseus noch nach seinem Namen fragen. Sie würden ihm das unschätzbare Vorrecht gewähren, als Letzter verspeist zu werden, als Dank für den Wein aus seinem Schlauch. Der Name, den sich der Grieche ausdenkt und in diesem Augenblick preisgibt, lautet »Niemand«. Polyphem ist zufrieden, er ist Zeus; Silenos ist Ganymed, sein Mundschenk.

In letzter Minute, kurz bevor der Plan ausgeführt werden soll, kneifen die Satyrn. Die Rolle, die Odysseus ihnen zugedacht hat – den Pfahl ins Einauge zu rammen –, lässt sie erschaudern. Nein, diese Kraft besäßen sie nicht, es fehle ihnen an Mut. Alles, was sie vermögen, sei, die bevorstehende Tat mit einem rhythmischen Gesang zu begleiten. Odysseus werden nur seine eigenen Gefährten helfen.

Als die Tat vollbracht ist, der flammende Pfahl Wasser aus dem Auge spritzen lässt, jubilieren die Satyrn. Der Zyklop schreit um Hilfe. Mit weit ausgestreckten Armen tastet er sich voran und versperrt mit seinem riesigen Körper den Höhleneingang. Doch den Griechen gelingt es, seinen blinden Schlägen auszuweichen, und nun überziehen ihn die Satyrn mit Hohngesängen; dann fliehen sie mit Odysseus. Die anderen Zyklopen haben die Schreie Polyphems gehört und eilen herbei. Wer war der Übeltäter?, wollen sie von ihm wissen. Doch Polyphem kann ihnen nur dessen Namen nennen: »Niemand«. Niemand ist nirgendwo. Eine entsetzliche Einsamkeit umschließt ihn. Dionysos hat ihn ins Verderben gestürzt.

Gefährlich ist der Wein, trinkt ihn in Maßen!

(Vers XX)

ELEKTRA

Kleine Morde auf dem Lande

DER BAUER

O antike Erde von Argos, Lauf des Inachos!
Von hier aus hisste einst, Ares mit sich führend auf tausend Schiffen,
Der König Agamemnon die Segel und nahm Kurs auf Troas.
(Vers 1–3)

Klytämnestra, Königin von Argos, hat ihren Gemahl Agamemnon mit der Axt gefällt; er kam aus dem Krieg um Troja zurück, zusammen mit einer schönen trojanischen Gefangenen, die er zu seiner Kurtisane gemacht hatte: Kassandra. Ein Grund für diesen Mord – nicht der einzige. Seither herrscht die Mörderin über Argos, zusammen mit ihrem Geliebten und Komplizen Ägisth. Auch er ist ein Pelopide wie der ermordete König. Pelops, der Ahne, nach dessen Namen die Halbinsel Peloponnes benannt ward, hatte zwei Söhne gehabt, Atreus und Thyestes. Ein in ein goldenes Vlies gekleidetes Lamm, Wahrzeichen des Königtums und des Rechts des Älteren, sicherte Atreus die Herrschaft zu. Thyestes stahl es ihm, und so ging die Macht an ihn über. Ägisth zählt zur Nachkommenschaft des Thyestes und nicht zu der des Atreus. Wie sein Vater verdankt er seinen Erfolg dem Verrat einer Frau: Klytämnestra hat ihrem Liebhaber ihren in ein Badetuch gehüllten Gemahl ans Messer geliefert. Aërope, die Frau des Atreus, hatte das schöne Lamm verräterisch ihrem Schwager gegeben.

Die beiden neuen Herrscher über Argos sind hemmungslos; sie leben in Wollust und Überfluss. Das Haus ist reich. Kinder werden ihnen geboren; die Geschlechterfolge des Agamemnon soll aussterben. Orest, der Sohn des ermordeten Königs, entkommt dem Tode dank der Fürsorge eines alten Dieners, der einst der Hofmeister des Agamemnon war und dessen Sohn der Obhut eines Verbündeten in einem angrenzenden Land anvertraute. Elektra, die Schwester des Orest, ist ein im Palast von Argos misshandeltes Kind. Als sie ein heiratsfähiges Alter erreicht, wird sie von den griechischen Fürsten umworben. Selbst ihr Onkel, Castor, Bruder der Helena und der Klytämnestra, eine ausgezeichnete Partie – sechs Monate im Jahr ist er Gott im Wechsel mit seinem Bruder Pollux –, hält um ihre Hand an. Ihre Heirat aber wäre eine Gefahr für die Usurpatoren; die aus einer solchen Verbindung hervorgehenden Kinder könnten sie rächen und eine weitere Kettenreaktion der Gewalt auslösen. Ägisth ließe sie nur allzu gerne verschwinden, aber Klytämnestra, wiewohl dem Manne ganz verfallen und mehr Frau als Mutter, hegt in ihrem Herzen gleichwohl noch mütterliche Gefühle: Elektra wird vom Hofe entfernt, auf dem Lande untergebracht und mit einem Bauern vermählt; dieses Los, ein symbolischer Tod, wird sie unschädlich machen. Sie lebt auf einem abgelegenen Gehöft, das einsam hinter einem steilen Berg liegt, umgeben nur von Wiesen und Feldern, wo sie von früh bis spät mit Hausarbeiten beschäftigt ist. Ein Gefängnis, das sicherer wäre, gibt es nicht. Sie geht nie außer Haus, selbst die Feste und Tanzbälle im Dorf meidet sie. Trauer und Ressentiment halten sie fest im Griff in dieser Klause. Ihr Vater ist unter der Erde, sie kennt keinen anderen Gedanken. Der Nacht bietet sie ihre nicht enden wollende Klage dar, den Sternen, den gleichgültigen Göttern im Äther; das Tageslicht sieht sie nicht mehr.

Der Mann, den man zu ihrem Gemahl wie zu ihrem Wächter gemacht hatte, erfüllt seine Mission nicht zur Gänze. Er ist ein Bauer aus Argos, dessen einziger Adel darin besteht, wahrlich vom Volke zu sein, ein echter Einheimischer, hervorgegangen aus einer langen Ahnenreihe auf diesem Grund und Boden. Weniger brutal und weiser als so manche Mächtigen und Reichen aus der Stadt hat er nicht das Gemüt seines Standes. Denn bei den Menschen gibt es keine klare Rollenverteilung: Das Durcheinander herrscht in der Gesellschaft, der Anschein täuscht über die wahre Natur hinweg. Der Bauer verlangt nichts von seiner Frau, er betrachtet sie als eine Dame aus einer anderen Kaste, sie ist nicht für ihn geschaffen, er fürchtet, Orest, der nur dem Namen nach sein Schwager ist, aber in des Bauern Augen der Einzige, der ein Anrecht hat, seine Schwester zu verheiraten, würde die Scham überkommen, käme er denn zurück und sähe mit eigenen Augen, in welch ärmlichen Verhältnissen sie leben muss. Feingefühl und Askese, diesem Bauern haftet etwas vom guten Wilden an: Allein sein Betragen entehrt das despotische Regime, das seinen Wert nicht anerkennt.

Elektra ist die Jungfrau und die Prinzessin geblieben, welche die Tyrannen herabsetzen wollten. Ihr Wesen aber wurde durch ihre Lage verändert, sie ist um einiges männlicher, als es eine Königstochter wäre. Sie fügt sich in das Leben, das sie führt; aus freien Stücken nimmt sie die Mühen auf sich; obwohl ihr armer Mann ihr jede Arbeit ersparen möchte, verlangt sie danach, um sich mit ihrem Elend zu vermählen. Sie behandelt den Bauern wie einen Freund, ein Ebenbild der Götter. Sie sind wie zwei Brüder, die zusammen Haushalt führen, und achten einer den anderen, so wie es jeder verdient.

Unter diesen Umständen – Elektra aus dem Palast entfernt, verkleidet als Bäuerin – kann Orest, als er eintrifft, nur durch Zufall auf sie stoßen. Seinerseits fürchtet er, beim Betreten der Stadt erkannt zu werden: Daher dringt er in der Nacht in das Hoheitsgebiet von Argos ein und schlägt zusammen mit seinem Freund Pylades sein Lager in der Nähe der Grenze auf, um so leichter fliehen zu können.

Zusammen mit dem Freund sucht er in dieser Nacht das Grab seines Vaters auf, um darauf eine seiner Haarlocken zu legen, wie es Brauch ist. Das ganze Geschehen wird sich in einer Schutzzone abspielen, zwischen der Fremde und dem Palast. Jederzeit können die beiden Männer über die Grenze entkommen. Beim ersten Morgengrauen steht Elektra urplötzlich vor ihrem Bruder, einen Wasserkrug auf ihrem Kopf. Orest erkennt sie nicht: Ihr Haupt ist geschoren wie der Kopf einer Sklavin; in Lumpen gekleidet schreitet sie singend durch die weichende Nacht, sie klagt und gefällt sich in der Klage, sie spricht sich Mut zu, nennt sich selbst beim Namen, spricht zu der, die sie geworden. Orest hört, wie sie sagt: »Man heißt mich die arme Elektra.«

Das Glück hat es also gewollt, dass Orest im Frühlicht des anbrechenden Tages in diesem verlassenen Gebirge seine Elektra wiederfindet. Fürs Erste stellt er sie auf die Probe und fragt sie aus, ohne sich erkennen zu geben. Er gewahrt eine Frau, die sich wild entschlossen erweist, vom Elend gehärtet, voller Abscheu vor dem Lotterleben der Klytämnestra und ihres Hofstaates mit all den gefangenen Trojanerinnen in prächtigen Kleidern und über und über bestückt mit goldenen Broschen; sie ist entschlossen, ihrer Mutter eigenhändig die Kehle durchzuschneiden, und sei es um den Preis ihres eigenen Lebens. Ihr bäuerlicher Gemahl kehrt vom Feld zurück; zunächst ist er überrascht zu sehen, dass seine Frau vertraulich mit fremden Männern spricht, dann aber heißt er die Fremdlinge, die sich auf Orest berufen, auf das Herzlichste willkommen und teilt mit ihnen freimütig wie ein Prinz das Wenige, das er anzubieten hat. Geschäftig schickt man sich an, ein Festmahl zu bereiten. Um den Gästen nicht das Gewöhnliche aufzutischen, lässt Elektra den Alten benachrichtigen, der einst ihren Vater Agamemnon aufgezogen hatte und der, seitdem man ihn aus der Stadt vertrieben hatte, in der Nähe seine Herden hütet. Er eilt herbei, ein Lamm, Käse und etwas Wein zu bringen, die Köstlichkeiten eines Lebens auf dem Lande. Das Grab des Agamemnon lag auf seinem Wege, in der Nähe des Gehöfts; er habe dort ein paar Opfergaben niedergelegt und dabei zu seiner großen Überraschung andere, erst kürzlich abgelegte Gaben gesehen: ein geschächtetes schwarzes Schaf und eine blonde Haarlocke. Orest sei endlich zurück, er spüre es; es müssen Zeichen von ihm gewesen sein.

Der alte Hirte wird dem Wiedererkennen vorstehen; wenn sich Elektra schließlich ihrem Bruder in die Arme werfen wird, dann weil dieser Alte sie ihm in die Arme stößt: Zunächst vergleicht er die Haarsträhnen; dann untersucht er den Fußabdruck. Elektra widersteht. Sie entgegnet, dass all dies, ob man es ihr nun zeige oder es sie gar anfassen lasse, wie den Stoff des Mantels, den sie einst gewebt, die Haarlocke, die Fußspuren auf dem Weg, äußerst fragwürdige Anzeichen seien, die wohl all die seither verronnene Zeit kaum als solche hätten überstehen können. Der Schäfer aber stellt diesen Zeugnissen ein weiteres zur Seite: Werde Elektra sich auch der Narbe verweigern, die Orest seit Kindertagen als Folge eines Sturzes auf der Stirn, gleich über einer seiner Augenbrauen trage und von der niemand etwas wisse? Dies überzeugt sie. Die Freude über das Wiederfinden ist schön und kurz. Keine Gefühlswallungen, kein Geziere. Liegt dies am erzwungenen Charakter des Wiedererkennens unter solch seltsamen Umständen? Elektra ist keine Frau, die sich zu Tränen rühren lässt. Es schlägt die Stunde zur Tat.

Ägisth werde auf den Feldern wie ein Tier getötet, Klytämnestra danach im Hause ihrer Tochter. Der Hirte werde der Werkmeister der ersten der beiden Mordtaten sein, Orest der Haupttäter. Elektra werde sich darum kümmern, den Muttermord vorzubereiten. Um die Königin zu sich zu locken, brauche sie natürlich einen Lockvogel; die Falle müsse raffiniert und neu sein; je abwegiger es anmute, umso glaubwürdiger werde es erscheinen. Klytämnestra werde sich nur aufgrund eines bemerkenswerten Ereignisses auf den Weg machen: Die Niederkunft ihrer Tochter sei ein solches, und die Nachricht darüber dürfte sie überraschen. Das Kind interessiere sie, und sei es nur, um es zu beklagen. Die Ränkeschmiede brechen aufs Geratewohl auf, sie vertrauen auf ihr Glück und versäumen es nicht, in lauten Klagen die Toten anzurufen. Orest fleht in seinen Bitten alle Toten des trojanischen Krieges um Beistand an – und ihre Zahl ist Legion.

Zufällig – wieder durch Zufall – hat der Hirte auf dem Weg zu Elektra Ägisth erspäht. Der König opferte den Nymphen einen Stier, ein Fest, bei dem es Usus ist, eine Geburt – noch eine –, die noch nicht stattgefunden hat, aber bevorstehen könnte, mit Wein zu begießen. Der König ist geil wie ein Karnickel, ihm gefällt es unter den Frauen. Klytämnestra soll ihm nachkommen, nach ihrer Visite bei der Wöchnerin; sie reist nicht mit ihm zusammen, um das Volk nicht aufzuwiegeln, das für sie nur Verachtung übrig hat. Während sie sich zu ihrer Tochter begibt, lässt sich Orest von dem Hirten zum Fest des Ägisth führen; er stellt sich dort unter falschem Namen vor, wird festlich empfangen, als Ehrengast, und man gewährt ihm den Vorzug, den Opferstier zu zerlegen. Wie alle seine Landsleute versteht er sich bestens auf diese Kunst. Er schlachtet Ägisth gleich mit ab, während er die Eingeweide des Opfers untersucht. Die von Elektra zwischen den beiden Hinrichtungen gehaltene Grabrede richtet sich an das Herrscherpaar: selbstredend alles andere als eine Eloge. In aller Entschlossenheit lässt sie Hetze und Fluch freien Lauf. Die Tochter der Klytämnestra hebt die Ignoranz der verbrecherischen Eheleute hervor: Sie glaubten, ihre Hemmungslosigkeit verheimlichen zu können, und sahen nicht, dass sie sich in der Schande eines geteilten Lasters suhlten, sie kannten einander nicht. Klytämnestra war der Hausmann. Elektra empört sich: Wie abscheulich!

Indessen verkehrt auch sie die Geschlechterrollen; der Apfel fällt nicht weit vom Stamm. Sie hat die Sache in die Hand genommen. Als Orest von dem finsteren Fest zurückkehrt, überreicht seine Schwester ihm eine Krone aus ihren Juwelen; er aber zögert sehr, erneut einen Mord zu begehen, einen Mord, der noch schlimmer ist als der erste: den Muttermord. Standhaft zerstreut sie seine Skrupel und Ängste und drängt ihn ins Haus, wo die Hinrichtung stattfinden soll. Nun trifft Klytämnestra ein auf ihrem königlichen Wagen; der Empfang, den ihr die Tochter bereitet, ist von vollkommener Verlogenheit; diese küsst der Frau, die sie hasst wie nichts sonst auf der Welt, die Hand, nennt sie glückselige Mutter; sie spielt die Sklavin, um eine arrogante Königin umso mehr zu demütigen. Und jene gerät gegenüber der verabscheuten Tochter sofort in die Defensive; sie rechtfertigt sich, im Namen der verunglimpften Heirat, der Gemahlin, die zu sein sie gezwungen ward, beteuert lauthals, dass mehr noch als das Opfer ihrer Tochter Iphigenie durch Agamemnon dessen Konkubinat mit Kassandra ihr das Herz gebrochen habe, beschwört die Gleichheit der Frauen, ihr Recht zum Ehebruch; kurzum, sie hält die Rede einer Frau. Aber ihre Tochter, die sie in- und auswendig kennt, überzeugt sie nicht. Umsonst gibt sie sich einfühlsam, gesteht noch dazu, dass eine Tochter den Vater der Mutter vorziehen dürfe und allen Grund habe, sich über die Grausamkeit zu grämen, zur Vermählung mit dem Elend verurteilt worden zu sein. Es nützt alles nichts, sie wird an Elektras Entschlossenheit nichts ändern. Sie geht ins Haus, um die nach einer Niederkunft üblichen Riten zu begehen. Elektra sagt, sie kenne diese nicht. Die Diener sind weggeschickt worden. Der Mord kann geschehen.

Klytämnestra stirbt einen fürchterlichen Tod. Sie kriecht am Boden, fleht ihren Sohn an. Er aber, um ihr nicht in die Augen sehen zu müssen, verdeckt die seinen mit seinem Mantel, während er das Messer in sie bohrt. Elektra hat die Waffe berührt, um sich mit ihrem Bruder zu vereinen. Aber nachdem der Mord vollbracht ist, überkommt die Geschwister blankes Entsetzen. Was sie getan haben, ist schrecklich, die Folgen werden grauenhaft sein.

Zum Glück gibt es noch Castor und Pollux, die Brüder von Helena und Klytämnestra, die beiden Schutzpatrone des Hauses. Zum Glück, denn wären sie nicht am Tatort aufgetaucht, hätte sich das Unglück endgültig eingerichtet. Apollon hatte Unrecht, den Vatermord zu befehlen, aber was vermag man gegen einen Gott? Die beiden göttlichen Brüder, die man bei ihrer Ankunft für maskierte Dämonen hält, machen sich an die Auflösung des dramatischen Knotens. Orest müsse nach Athen gehen, er werde sich auf dem Areopag vom Gericht der Bürger freisprechen lassen und den heulenden Hunden zur Hatz auf die Mörder entkommen. Beim Abschied, den Bruder und Schwester voneinander nehmen, zerreißt es ihnen das Herz: Sie scheiden vielleicht für immer voneinander.[13]

Sich selbst zu kennen, darauf kommt es an.

HEKABE

Die Hündin

DAS GESPENST DES POLYDOR

Ich komme, ich lasse hinter mir die Schlupfwinkel der Toten
Und die Schattentore, die Hades bewohnt fernab der Götter,
Ich bin Polydor, Kind der Hekabe, Tochter der Cisseas,
und des Priam, meines Vaters.

(Vers 1–3)

Die Geschichte spielt am Ende des großen Krieges um Troja, als die Trojaner schon besiegt sind. Die Griechen stehen kurz davor, die Heimreise anzutreten. Sie haben ihr Lager am Ufer einer Halbinsel aufgeschlagen, der thrakischen Chersones, einer sich beträchtlich in die Länge ziehenden Landzunge gegenüber der trojanischen Küste. Zwischen dieser Halbinsel und dem Festland liegt der Hellespont, die Meerenge der Dardanellen. Die griechische Flotte durchfährt sie, um auf offene See zu gelangen. Die Toten werden zurückbleiben, an den Stätten der Massaker. Die Chersones ist eine Insel und ist keine (*Cherso-nesos*), ein Stück Festland im Wasser, gefährlicher als die Fluten selbst, ihren Ruf als Zufluchtsstätte Lügen strafend.[14] Diese Gefilde schwanken zwischen Festland und Meer, Mord und Sturm, Zelten und Ruinen. Düstere Gestade.

Hekabe ist Priams Witwe, die versklavte Königin einer gefallenen Stadt, Troja, die vor ihrem Untergang die reichste Stadt der Welt gewesen war. Hekabe hatte über eine hohe Festungsburg und über ein riesiges Umland geherrscht. Die Stadt glänzte einst vor lauter Gold und Schätzen in reger Betriebsamkeit, und die fünfzig Kinder des Herrscherpaares mehrten ihren Reichtum.

Alles verschwand wie im Handumdrehen, auf entsetzlichste Weise. Die alte Frau fiel tief, vom Gipfel in den Abgrund. Das Entsetzliche, das sie erlebt hat, die Brandschatzungen, die Massaker werden ihr für immer im Gedächtnis bleiben, die Bilder nicht von ihr ablassen, und dennoch ist sie immer noch verletzlich, sie ist am Leben, und der Schmerz versteht sich darauf, sich Platz zu verschaffen. Die Heftigkeit des Leidens kennt keine Grenzen. So schrecklich es ist, kann es immer noch schrecklicher werden. Das Schlimmste besitzt keinen Scheitelpunkt, bis zum Tod.

Abgesehen von ihrem Sohn Helenos, der als Prophet keine Verbindungen mehr zur Mutter unterhält, sind ihr drei Kinder geblieben: Kassandra, die Seherin, ist durch das Los ins Bett des großen Königs Agamemnon gefallen; Polydor, ihr jüngster Sohn, Priams Lieblingssohn, ist versteckt worden, vor dem Fall Trojas, bei einem befreundeten König, Polymestor, dem thrakischen König von Chersonese. Man hatte dem Kind viel Gold mitgegeben, alles was von Trojas Schatz noch übrig gewesen war. Sein Gastgeber und Beschützer widerstand dieser Verlockung nicht: Sobald er von der Einnahme der Stadt erfahren hatte, tötete er das Kind, verstümmelte es und warf die Überreste ins Meer. Ein Abbild des Geschändeten, ein Simulakrum, löste sich ab und treibt nun über dem Leichnam, einem Spielball der Wellen, der auf sein Grab wartet. Das Gespenst kennt Vergangenheit und Zukunft, es weiß, dass seine Schwester Polyxena sterben wird, Polyxena, das schönste Mädchen Trojas, mit der einzig Helena rivalisieren kann. Und Achill, gefallen im Kriege, der Held des Poems der *Ilias*, der von den Trojanern am meisten gefürchtete Krieger der Griechen, ist auf seinem Grabhügel erschienen, schimmernd in seiner goldenen Rüstung; man hörte, wie er schreiend den Griechen vorwarf, ihn im Stich zu lassen: Sie haben ihm nicht die seinem Ruhm angemessene Ehre erwiesen, und der Held gebietet den Lebenden Einhalt, er untersagt ihnen die Heimkehr.

Hekabe weiß zunächst nichts von dem, was das Gespenst weiß; sie verfügt nicht über die Wissenschaft, auf die sich Polydor im Jenseits versteht. Das Opfer für Achill ist noch nicht vom Heer bestimmt worden; und ihren Sohn wähnt sie da noch in Sicherheit. Sie wird die beiden Verluste einen nach dem anderen und mit aller Heftigkeit erleben. Furcht und von Ungewissheit untergrabene Hoffnung sind qualvoller als vollendete Tatsachen. Das Warten ist unerträglich. Als Odysseus, der impassible und grausame Unterhändler, Vollstrecker der niederen Verrichtungen, sie aufsucht, um ihr mitzuteilen, dass sich die Griechen dazu entschieden haben, ihre Tochter zu opfern – wobei er ihr verheimlicht, dass er auf diese Entscheidung hingewirkt hatte –, fällt sie ihm zu Füßen, erinnert ihn daran, dass sie es war, die ihm einst in Troja, als sie dort herrschte, das Leben schenkte. Doch ihr Flehen ist vergebens und vermag nichts gegen das Gesetz des Krieges. Hekabe legt Agamemnons Wollust mit seiner jungen Gefangenen, mit Kassandra, der Schwester der Polyxena, in die Waagschale, aber auch sie wiegt nichts in den Augen des Heeres. Mit den Herrschern lässt sich nicht handeln. Kassandra ist Sklavin, Agamemnon braucht Hekabe nicht, um über den Leib einer Sklavin zu verfügen. Polyxena steht nicht zum Austausch. Sie gehört dem Tod. Der Befehl des unzufriedenen Schattens von Achill ist dunkel oder zwiespältig nur für die Mutter.

Auf Odysseus' Anweisung, sich mit ihm zur Stätte ihrer Hinrichtung zu begeben, um dort ihr junges Leben dem Opfermesser hinzugeben, reagiert Polyxena in ganz unerwarteter Weise. Nicht nur dass sie, anders als ihre auf dem Boden robbende und winselnde Mutter, allem Flehen entsagt: Sie verlangt nach dem Tod. Der Stolz bekräftigt sie in dieser Entscheidung. Der Untergang ist schlimmer als der Tod. Die Sklavin weiß ihren Akt der Unterwerfung in eine freie Willenstat zu wandeln. Ihre Freiheit liegt in ihrer Einwilligung. Der Selbstmord ist keine opportunistische Handlung, mit der sie einen Ausweg fände aus dem elenden Leben, das die Gefangenen erwartet: Nein, zur Qual bestimmt schmiedet sie sich ein Heldenschicksal. Polyxena, die Barbarin, die Sklavin, wird in diesem Augenblick erneut königlich und richtet sich – beispielhaft – auf als Herrscherin über ihren Tod. Das Martyrium ist ihr Ruhm und Glorienschein; die Entehrung ihre Größe; sie ist eines Achills würdig, für den sie bestimmt ist.

Die Tochter der Hekabe und des Priam starb auf großartige Weise. Auf dem Grabhügel, der wie der Sockel einer Göttinnenstatue anmutete, ließ sie sich nicht von den Soldaten anfassen, die sie führen sollten. In dem Augenblick, da der tödliche Streich des Opferers – Neoptolemos, Sohn des Achill – auf sie niederfahren sollte, zerriss sie sich das Kleid und entblößte bis zum Nabel ihren vollendeten Busen, um ihre Schönheit allen Blicken darzubieten. Das Schauspiel war grandios und ließ selbst den Henker zaudern, von Mitleid übermannt. Das Leben aushauchend sank das junge Mädchen anmutig und edel zu Boden. Die Barbarei zählte zum Lager der Griechen, besessen von dem alleinigen Gedanken nach schwarzem Blut, den Tod zu verköstigen und sich mit ihm auszusöhnen.

Nicht ihr Leichnam wird zu Hekabe gebracht, sondern der des Polydor, den sie am Leben wähnte. Das Meer hat ihn ausgespuckt, scheußlich zugerichtet. Während Polyxena um ihrer Schönheit willen sterben musste, war das Gold das Verderben des Kindes. Der Freund, der den Knaben verstecken sollte, tötete ihn, um es zu stehlen. Unter den Giechen und den Trojanern, erlöst durch ihr Leid, ist Polymestor der Barbar der Barbaren.

Hekabe hat ihre Kinder verloren, es bleibt ihr von all den prächtigen Jungen und Mädchen, die in heiterer Schar sie umgaben, niemand mehr als Helenos.[15] Keiner mehr, der seine Hände auf sie legen könnte, um ihr die Lider zu schließen. Ein tobsüchtiges Verlangen nach Rache überkommt sie. Sie bittet Agamemnon um Hilfe. Sind denn die beiden Völker nun nicht vereint in Kassandra, seiner Frau, über alle Stammesgrenzen hinweg? Sie erfährt keine Unterstützung von einem wetterwendischen, kleinmütigen König, der sich scheinheilig an die Trennung von Privatsphäre und öffentlichen Angelegenheiten klammert. Hekabe und die Trojanerinnen, Frauen und Sklavinnen, nehmen in die Hand, was die Männer, ihre Herren, zu tun zu feige sind. Sie locken den König der Thraker in eine Falle; sie lassen ihm von einer griechischen Dienerin mit Erlaubnis des Agamemnon, der sich so falsch und doppelzüngig wie immer verhält, ausrichten, er möge sich zusammen mit seinen beiden kleinen Söhnen zum Zelt der Hekabe begeben. Und Polymestor beißt an. Er wähnt Hekabe unwissend, er erweist ihr schmeichlerische Komplimente. Sie lügen um die Wette. Hekabe fragt nach Neuigkeiten von ihrem Sohn, der König antwortet, es gehe ihm sehr gut, er sei ungeduldig, wieder zur Mutter zu kommen; im Übrigen befinde sich Priams Gold an einem sicheren Ort. Wie Hekabes Lügen ihm munden! Sie erzählt ihm von all den anderen Reichtümern, die sie in ihrem Zelt hüte, und vom Schatz der Stadt Troja: er befinde sich in der Obhut der Athene (deren magischer Name beweist, dass Griechen und Trojaner nunmehr eins sind). Polymestor tritt mit seinen Söhnen in das Zelt. Hekabe und die Trojannerinnen töten die Kinder und stechen dem König die Augen aus.

Der Verräter erleidet den entsetzlichen Schmerz, den er Hekabe zugefügt, den Verlust seiner Söhne und die Verstümmelung durch die Nadeln, die ihm die Augäpfel durchbohren. Er leidet so sehr, dass sein Umfeld ihm zum Selbstmord rät. Doch wie Hekabe wird er von einer tollwütigen Rachsucht übermannt. Agamemnon wird ihm noch weniger helfen, als er Hekabe geholfen hat. Dieses Mal wird er sich damit herausreden, dass Polymestor als Grieche, der er sei, gegen das Gesetz der Gastfreundschaft verstoßen habe, eine unverzeihliche Schuld. Dieses Recht stehe über dem des Krieges. Der Thraker sei wahrlich ein Barbar.

So gibt sich der Blinde Weissagungen hin. Dionysos, der Gott, der in Thrakien herrscht, hat ihn in die Zukunft sehen lassen. Seine Weissagungen sind inspiriert, sie erinnern an die divinatorischen Worte des Gespenstes von Polydor über den Wellen. Er weiß, dass Hekabe in eine Hündin verwandelt, den Mast des Schiffes erklimmen und ihren wichtigtuerischen Namen einem Semaphor verleihen wird; dass Kassandra und Agamemnon ihrerseits sterben werden, in Griechenland unter Klytämnestras Streichen: In Argos erwarte sie das Blutbad. Um diese finstere Vorhersage nicht zu hören, lässt Agamemnon Polymestor auf eine verlassene Insel bringen. Hekabe willigt für ihren Teil in ihr Los ein. Ein Tier ist sie gewesen aufgrund der Tollwut ihrer Verzweiflung; und Tier, Furie für alle kommenden Zeiten, wird sie endgültig werden, die Hündin, die immer bellende Erinnye.

Das Schlimmste besitzt keinen Scheitelpunkt,
bis zum Tod.

HELENA

Der Name des Todes

HELENA

Meine väterliche Erde – ruhmlos ist sie nicht – Sparta ist's.
Mein Vater ist Tyndareos. Es gibt zwar eine
Geschichte, die erzählt, dass Zeus meiner Mutter zugeflogen,
Der Leda. Er hatte Vogelgestalt angenommen und sich
verwandelt in einen Schwan ...

(Vers 16–19)

Wie jedermann weiß, wie die ganze Welt weiß, ist Helena die schönste aller Frauen, die es je auf Erden gegeben hat. Wer ihren Namen sagt, benennt ein unwiderstehliches Geschöpf, die Perle Griechenlands. Sie wurde in Sparta geboren, von Leda, der Frau des Königs Tyndareos. Ihr Vater war Zeus, der König der Götter. Um sich mit ihrer Mutter zu vereinen, hatte der Weltenherrscher die Gestalt eines Schwans angenommen; von den Daunen seiner Flügel umhüllt kam sie in einem Ei zur Welt, aus dem sie ans Tageslicht schlüpfte.

Drei große Göttinnen wetteiferten um einen Schönheitspreis. Alle drei besaßen ein Reich: Hera herrschte über die Lüfte; Aphrodite, die auch Cypris (die Zypriotin) geheißen wurde, über die Liebe; Athene über das Reich des Verstandes. Sie wählten einen Wettkampfrichter: den Sohn des Priam, des Königs von Troja in Asien, den jungen und schönen Paris, den man vom Hofe entfernt hatte: Er lebte in einem einsamen Tal, auf dessen Weideland er das Vieh hütete. Durch diese kindliche List sollte verhindert werden, dass sich das Orakel bewahrheitete, Paris würde den Untergang Trojas herbeiführen – als könnte das Kommende am Kommen gehindert werden! Wenn Aphrodite den Preis gewann, dann nicht weil die Schönheit unter allen Mächten der Welt die unwiderstehlichste ist, sondern weil sie den Richter bestach: Sie versprach ihm Helena, die schönste Frau aller Zeiten.

Später ging Paris nach Sparta; er raubte Helena; das heißt, er glaubte, sie zu rauben, aber es war eine Luftpuppe, ein Ätherwesen, das ein Kleid trug, ein Kunstgriff der eifersüchtigen Hera, der Herrin der Lüfte. Die Täuschung, die jedermann hinters Licht führte, verlieh dieser Fantasie den Namen Helena. Und Paris nahm sie mit nach Troja; doch Helenas Körper wurde nach Ägypten gebracht, auf die Insel Pharos, deren König, Gerechter unter den Gerechten, Proteus hieß. Dort war sie in Sicherheit, während die Griechen und die Trojaner zu Abertausenden in den Krieg zogen und fielen; alle glaubten sie, die Schönste befände sich in der umkämpften Stadt; alle meinten, dass sie für die Schönste den Tod auf sich nähmen. Doch in Wirklichkeit starben sie für nichts. Helena war nur der Lockvogel des Herrschers über alle Menschenvölker der Erde, des großen Zeus, der über die Ausbreitung der Gattungen auf Erden waltete. Eine Puppe säte den Tod aus.

Helena von Troja ist nur ein Name ohne Substanz. Helena von Sparta hingegen, die Frau des Menelaos, überlebte bei Proteus. Dieser König, der sich jedem Zugriff entzog, indem er seine Gestalt änderte, verlieh seinen Namen den Verschiebungen und Variationen des Seins; er war der Meister der Metamorphosen; die Insel, über die er herrschte, liegt im Meer, ganz in der Nähe der schillernden Wellen des Stromes, der alle Wasser der Welt befördert: dem Nil.

Proteus stirbt; er hinterlässt zwei Kinder in seinem Palast, geboren von einer Meerjungfrau, einer Tochter des weisen Nereus. Der Sohn, der seine Nachfolge antritt, Theoklymenos, ähnelt ihm nicht; er ist ein blutrünstiger Jäger, ein Fleischfresser wie die Tiere, die er abmetzelt. Kaum etwas verachtet er mehr als die Griechen, und wenn sie an seine Küste kommen, tötet er sie alle. Aber Helena verachtet er natürlich nicht, er ist sogar verliebt in sie und will sie heiraten, er stellt ihr nach, und zwar so sehr, dass sie sich zum Grab des Proteus flüchtet – eine Stätte, die nicht geschändet werden darf. Nur ein Toter kann sie beschützen.

Das zweite Kind von Proteus, eine Tochter, ist ganz das Gegenteil ihres Bruders. Sie ist so weise, wie jener verrückt ist. Theonoe, das bedeutet »Göttergedanke«, kommt nach ihren Eltern, nach ihrem Vater Proteus und nach ihrem Großvater Nereus; von ihnen erbt sie die Sehergabe. Die Seher, die Vorsteher des Kultes, sind Orakelhändler; und die Bewohner des Meeres nehmen leicht jegliche Gestalt an, sei es Mensch oder Tier, im Fluss der Wandlungen des Werdens; oft haben sie die Gabe empfangen, die Tiefen der Zukunft auszuloten. Theonoe entziffert die Gegenwart und die Zukunft, was ist und was sein wird. Neben der feinsinnigsten Geistigkeit die abscheulichste Bestialität, in ein und derselben Familie! Helena auf ihrer Grabinsel steht an der Kreuzung dieser beiden Existenzen.

Von der Strömung dorthin getrieben trifft ein verlorener griechischer Seemann ein, Teukros, Bruder des Ajax, des berüchtigten Kriegers, der in Troja eines furchtbaren Todes gestorben war; er kam, um die Prophetin zu befragen. Helenas Anblick versetzt ihn in helle Wut. Er hat sie erkannt; ja in der Tat, sie ist es – und er verflucht sie; er kommt aus der niedergebrannten Stadt, wie von jenseits des Grabes, für immer aus seiner Heimat Salamis vertrieben, verjagt von seinem eigenen Vater, der ihm vorhält, den älteren Bruder, Ajax, überlebt zu haben; auf See war er vom Kurs abgekommen; er ist ein Kriegsgespenst, den Bogen hat er noch geschultert. Sein Name, Teukros, »der Trojaner«, bringt ihm Unglück. Er trägt nicht den richtigen Namen. Die Spule seiner Kriegs- und Irrjahre hat sich noch nicht ganz abgewickelt. Vielleicht wird er niemals am Ziel ankommen, auf der Insel Zypern, auf jenem anderen Meerland, das ihm durch das Orakel des Apollon als letzter Hafen vorherbestimmt ist. Um ihn herum alles tot, und in seinem Mund, im Bericht, den er Helena erteilt: Leda, die Mutter, habe sich erhängt, die Scham über Helenas Ehebruch habe sie getötet; und sogar was ihre Brüder betreffe, die Dioskuren, Söhne des Zeus wie sie, so glaube Teukros nicht der beschönigenden Legende, derzufolge sie in Gestirne verwandelt seien; sie werden sich die Kehle durchgeschnitten haben, entehrt wie Leda. Helena aber und Menelaos seien verschollen auf See. So berichtet es der arme, verirrte, verwirrte Seefahrer der Frau ihm gegenüber: Sie ist nicht Helena, er sieht es ein, denn Helena ist tot. So weiß sie allein, dass ihre Person und ihr Name geschieden sind und verzweifelt versuchen, wieder zusammenzufinden.

Helena hat nichts getan. Die drei Göttinnen haben sie zum Spielball erkoren. Aphrodite, die Liebe im Bund mit dem Tod, vermachte sie einem Barbaren, Athene ergriff nicht Partei für sie, Hera, die Eifersucht in Person, erschuf eine ihr bis aufs Haar gleichende Frau, und Hermes, der Göttergesandte, entrückte sie in die Lüfte, als sie in ihrem Garten Rosen pflückte, und verbrachte sie nach Ägypten; man wähnt sie tot, wie jene, die sie nicht ist; sie ist es nicht, sollte es aber sein; sie will sich töten, vielleicht durch den Strang, oder doch lieber durch das Schwert. Sie verflucht die eitlen Reize, die ihr Unglück sind, und beneidet das Los jener Frauen, deren dämonische Schönheit sich mit einem pelzigen Tierkörper verleibt; sie verachtet sich so sehr als Mensch, wie es keine hässliche Frau je tat. Teukros ist wieder nach Norden zurückgekehrt, auf sein Boot, ohne die Seherin gesehen zu haben. Helena hielt die Befragung für unnütz, ja sogar für gefährlich. In jenen Gefilden, wo sie gleichsam unter Hausarrest steht, sind alle Griechen, all jene, die man *Hellenen* nennt – fast buchstäblich wie sie – zutiefst verhasst, sowohl dem Namen nach als auch nach Fleisch und Blut, gerade eben wegen ihr, denn der barbarische König, der Menschenfresser Theoklymenos, ist auf jeden eifersüchtig, der sich ihr nähert und sie rauben könnte. Durch einen glücklichen Zufall aber strandet Menelaos just in dem Moment, als Teukros sich auf dem Rückweg zu seinem Boot befindet, an der Küste der Insel Pharos. Er lässt das Wrack seines Schiffes in einer kleinen Bucht zurück. Die Frau, die seit sieben Jahren unter dem Namen und der Maske Helenas an seiner Seite lebt, wird in einer Grotte versteckt, bewacht von seinen Männern. Menelaos, ein gefallener, verlauster, zerlumpter König, der sich ins Segeltuch seines Wracks hüllt, klopft an das Tor des Palastes und bittet um Almosen.

Was ihm da die alte Pförtnerin offenbart, haut ihn um: Helena befindet sich im Haus! Die Tochter des Tyndareos oder des Zeus – ganz wie man will. Sie hat dieselbe Identität wie jene, die er am Strand versteckt hat. Sollte es zwei Frauen dieses Namens auf der Welt geben? Schon möglich. Die Namen sind vielfältig, die Körper einzigartig. Selbst der Name Zeus kann Menschen bezeichnen, obwohl der Gott des Himmels einzig ist. Er sieht sie, sie kommt aus dem Palast, sie ähnelt Helena. Durch eine glückliche Fügung hat sie soeben von der Seherin Theonoe erfahren, dass Menelaos nicht tot ist. Teukros wusste dies nicht. Es stimmt, dass die Seherin ihn darüber nicht unterrichtet hatte, sie war ihm ja gar nicht begegnet.

Helena und Menelaos erkennen sich nicht sofort. Im Gegenteil, sie fliehen sich. Der eine ist ungläubig, die andere, Helena, fürchtet, von einem Herumtreiber angegangen zu werden. Beide wähnen sie sich vor dem Trugbild eines Körpers, vor einem nächtlichen Gespenst, vielleicht gar einem Hirngespinst. Helena geht die Sache als Erste an, sie ist es, die auf ihn zugeht; schüchtern weicht er zurück: »Fasse mich nicht an, Frau!« Seine Sinne kämpfen mit seiner Vernunft; das Bild, das vor seinen Augen spricht, und der Name der Gemahlin, die er in der Grotte am Strand zurückgelassen hat. Um dem Augenzeugen zu glauben, muss erst einer seiner Männer kommen und ihm berichten, dass Helena aus Troja, jene, die alle Last des verfluchten Namens trug, ohne die Frau zu sein, die er benannte, sich in Luft aufgelöst habe. So kommt es zur Aufdeckung der List der Götter. Und die Frau vor seinen Augen hat den Leib, den er liebt; der schimpfliche Name ist auf und davon. Der Sklave, der ihrem Erkennen beiwohnt, trägt wahrlich nur den Namen eines Sklaven, aber in ihm schlägt das Herz eines freien Menschen.

Den beiden Griechen bleibt noch, das Weite zu suchen, mit den schiffbrüchigen Seeleuten dem bösen Theoklymenos zu entkommen. Die einzige Kraft, die sie noch retten kann, heißt Theonoe – auf Gedeih und Verderb: Sie könnte sich immerhin entschließen, ihrem Bruder zu helfen. Mit beeindruckendem Gefolge, wie es einer Priesterin geziemt, steht sie, die Tochter des Proteus, plötzlich vor ihnen; sie bezieht ihre Eingebungen aus dem Himmel, aus dem Atem des Äthers; sie weiß nicht nur, dass Menelaos dort vor ihr steht – er kann sich vor ihr nicht verbergen, sondern sie weiß auch, dass der Wind sich zu drehen beginnt und die Götter Ratschlag halten; ein anderer Zyklus beginnt; nur Aphrodite steht noch auf der Seite des barbarischen Bruders Theoklymenos. Die Zerreißprobe des tollkühnen Hin- und Herkreuzens, ausgeliefert den Wrackjägern und Strandräubern, die ihre Irrlichter entzünden, um die Schiffe an die Küsten zu locken, sie ist beendet. Gleichwohl zögert sie, ihren Bruder aufzugeben, und erwägt sogar, um die Last von sich abfallen zu lassen, einen anderen zu ersuchen, ihn zu unterweisen.

Doch zunächst macht sie sich zur Richterin und lässt die beiden Flüchtigen zu Wort kommen; sie hört die Argumente der einen wie der anderen Seite; schließlich entscheidet sie zugunsten der Griechen, bekräftigt durch ihre kindliche Pietät, durch ihr Gerechtigkeitsgefühl und durch Heras Unterstützung. Aphrodite hat keine Macht über sie. Was will die Göttin der Liebe bei einer

Jungfrau bewirken, die außerdem eine Königin und eine Priesterin ist? In der Tat! Über alle Maßen berührt sie, wie Menelaos an ihr Gemüt appelliert, sich auf Proteus beruft, ihren toten Vater. Theonoe handelt nicht gegen das in Lebensgefahr schwebende Paar. Aber sie verhilft ihnen auch nicht zur Flucht; sie zieht sich in ihren Palast zurück.

Helenas Einfallsreichtum wird sie retten. Menelaos werde sich für tot ausgeben, als Lebender werde er in die vorübergehenden Finsternisse hinabsteigen, wie Persephone, die Tochter der Demeter, nach der ihre Mutter so lange auf Erden suchte und die jener aus dem Tode zurückkam.[16] Sich als einfacher Seemann und einziger Überlebender des Schiffbruchs ausgebend werde er selber dem König die Nachricht seines Ablebens überbringen. Der Tod werde seine neue Verkleidung sein. Man müsse für ihn eine Seebestattung abhalten und zusammen mit den Opfergaben seine Kleider, Laken und Decken ohne Körper ins Meer werfen, denn, so werde man überall behaupten, auf diese Weise komme man den Grabriten der Griechen für ertrunkene Seeleute nach. Allerdings brauche man dazu von Theoklymenos, der blind vor lauter Hoffnung ist, nun endlich Helena zu seiner Frau zu machen, das Boot mit den dreireihigen Duchten samt Besatzung; und Menelaos' Gefährten müssten mit an Bord. Für sie werde es das Boot des Heils sein.

Der Plan funktioniert besser als gedacht. Der verliebte Theoklymenos schluckt die Lüge. Sollte Aphrodite Helenas Bitten erhört haben? Die griechischen Seeleute sowie Helena und Menelaos gehen an Bord, es ist das schönste Schiff der ägyptischen Flotte. Kurs auf die offene See! Beim vereinbarten Zeichen stürzen sich die Griechen auf die Barbaren. Ein Gemetzel. Helena steht mitten unter ihren Männern auf der Brücke, Männer tötend, ganz so als wäre sie in Troja. Letztlich trägt sie ihren Namen trefflich, sie tut, was ihm mit seinen Buchstaben eingeschrieben ist: Sie greift zu (*helein*).

Die schöne Helena zurück in Sparta! Sie wurde glücklich mit Menelaos. Verschollen, verloren, gesucht von ihrem Gemahl wie Persephone von ihrer Mutter, versank sie im Verbrechen. An ihrem Namen klebte Blut. Am Ende ihres Lebens, nach der Bewährungsprobe, fuhr sie auf in den Himmel zu den Dioskuren, rehabilitiert, gewandelt, versehen mit einem geläuterten Namen.

Der Name kann an vielen Orten zugleich sein,
der Körper nicht.
(Vers 588)

HERAKLES

Das Raubtier

AMPHITRYON

Wer unter den Sterblichen kennt nicht
den Bettgefährten des Zeus,
Den Argäer Amphitryon, den Alkaios,
Sohn des Perseus, einst zeugte, und Vater unsres Herakles?
(Vers 1–3)

Amphitryon gilt als Vater des Herakles; er ist dessen vermeintlicher Vater, in Wahrheit ist Herakles der Sohn des Zeus, des Königs der Götter. Im Laufe einer langen, einer unendlich langen, göttlichen, beinahe unendlichen Nacht wurde Alkmene schwanger, einmal von Zeus, der vom Himmel gekommen war, sie in ihrem Bette aufzusuchen; ein weiteres Mal durch Amphitryon, der im Morgengrauen von der Schlacht heimgekehrt war. Der Gott war ihm zuvorgekommen; er hatte die Frau getäuscht, indem er die Menschengestalt ihres Gemahls angenommen hatte. Die Zwillinge kamen ungleich an Kraft und Ruhm zur Welt.[17]

Herakles, der Erstgeborene, wird von seiner Geburt an vom Hass der Hera verfolgt. Die Frau des Zeus ist in erster Linie Gemahlin und äußerst eifersüchtig um ihre Macht bedacht. Natürlich: Sie ist Schutzgöttin der Heirat, also schützt sie die Heirat; sie fürchtet die Früchte der Unzucht, die Bastarde, die an der Macht der Götter rütteln würden, sie ist auf der Hut vor den Mischwesen, die aus der Vereinigung der Götter mit Sterblichen hervorgehen. So hat sie alle Hände voll zu tun, denn der Göttergemahl fiele nur allzu gerne über alle irdischen Schönheiten her; an Mitteln dazu gebricht es ihm nicht. Der Raserei einer fürchterlichen Göttin ausgeliefert ringt Herakles bereits in der Wiege mit dem Tod in Gestalt zweier scheußlicher Schlangen, die aus den Tiefen der Hölle herangekrochen waren, ihn zu verschlingen; er packt sie, erwürgt sie mit seinen Säuglingsarmen.

In seiner Geburtsstadt Theben vermählt sich Herakles mit

Megara, der Tochter des Königs Kreon. Doch was er wirklich zu besitzen begehrt, ist Argos, die Stadt seiner Mutter Alkmene; Argos – vielleicht gemeinsam mit Theben – die bekannteste, die von der Geschichte am meisten ausgeschmückte, die mythischste aller Städte Griechenlands, auch wenn sie nicht die einzige ist, die Mauern umgaben, welche die Zyklopen in unvordenklicher Zeit errichtet hatten. Die Kraft zeichnete die frühesten Menschengeschlechter auf der Erde aus; die mächtigen Körper der Zyklopen deuteten bereits auf den athletischen Körper voraus, auf Herakles, den Mann aus einer anderen Zeit und wohl auch aus einer anderen Welt.

Um die Macht in Argos zu erhalten, muss der Sohn einen Mord büßen, den sein Vater Amphitryon zu der Zeit begangen hatte, als er um Alkmene warb, und sich zum Sklaven des Eurystheus machen, dem König der Stadt, einem Tyrannen. Er verlangt vom übermächtigen Helden, dem nichts widersteht, zwölf Aufgaben zu erfüllen, eine übermenschlicher als die andere, womit er die Erde von ihren Ungeheuern aus der Vorzeit befreien würde. So musste er zwölfmal den fürchterlichen Angriff der Drachen seiner Wiege wieder durchleben. Und triumphierte zwölf Male. Hätte er diese Heldentaten vollbringen können ohne Hera im Nacken, deren Züge Hass einflößen? Die letzte Bewährungsprobe bestand darin, ins Totenreich hinabzusteigen und dessen Wächter, den Kerberos geheißenen Hund mit den drei Köpfen, zu entführen. Man rechnet jeden Augenblick mit der Rückkehr des Helden, doch er lässt das Licht der Lebenden auf sich warten.

Während er sich in der Unterwelt aufhält, hängt das Leben seiner in Theben gebliebenen Familie – Vater, Frau und Kinder – am seidenen Faden. Der König Kreon ist ermordet worden. Der Mann, der die Macht an sich gerissen hat, Lykos, ist kein Unbekannter in Theben, er ist eng verwoben mit der Geschichte der Stadt, denn vor langer, langer Zeit, vor der Dynastie der aus dem Orient stammenden Kadmäer, die bis zu Kreon währte – und bis zu Ödipus, hatte ein erster Lykos in Theben regiert und dort seinen Untergang erlebt.[18]

Der neue Lykos, der zweite dieses Namens, will den Tod aller Anverwandten des Kreon und das Wiederaufleben des abgeschafften Terrors. Die Familie des Herakles soll ausgelöscht werden. So lautet der Wille des Wolfsmenschen (*lucos* ist der griechische Name für den Wolf), der ein gefährlicheres Ungeheuer ist als die vom Helden bezwungenen und wie aus der Vergangenheit aufzutauchen scheint, um die Nachwelt des Befreiers zu zerstören und dessen Spuren auf der Erde zu verwischen. Er ist ein brutaler Mensch, aus der Zeit vor der olympischen Ordnung; er hegt keinerlei Achtung vor dem einzelgängerischen Heldenmut des berüchtigten Kolosses, den Zeus bewaffnet hatte mit Bogen und Keule. Er liebt das Metall, die Schlachtreihen, wenn die Schwerter mehr Menschen dahinraffen und verlässlicher töten.

Ein Greis, eine Frau und Kinder sind von ihm aus Kreons königlichem Palast verstoßen worden, sie siechen schutzlos auf dem Boden vor dem Altar des Zeus dahin, das Erscheinen von Lykos' Männern erwartend. Der Tyrann hat den Befehl erteilt, einen Scheiterhaufen um den Altar zu errichten, um sie dort bei lebendigem Leibe zu verbrennen; so würde er seine Feinde liquidieren, ohne sich die Hände schmutzig zu machen; so vergriffe er sich nicht an den Schutzgöttern der Schutzflehenden, indem er ihren Altar schändete. Megara zieht es vor, dass sich die kleine Gruppe den Tod gibt. Sie glaubt an nichts mehr, weder an das Heldentum noch an den Mut noch an die Weisheit. Geschehe, was geschehen muss! Sie verlangt nur, dass die Siegel der Palasttüren gebrochen werden; sie möchte ihre Kinder in die schönsten Kleider hüllen, so wie es sich geziemt beim Eintritt in die Unterwelt. Es wird ihr gewährt.

Ein letzter Fluch des Amphitryon erklingt, eine Empörung über den Gleichmut der Götter, ein letztes Gebet Megaras, dass ihr wenigstens der Schatten ihres Gemahls erscheinen möge. Und das Unglaubliche geschieht: Herakles kehrt aus den Tiefen der Erde zurück, in die sie alle hätten verschwinden sollen; er ist nicht aus dem Leben geschieden, er lebt: und er kehrt nicht nur mit dem dreiköpfigen Hund zurück, sondern auch mit Theseus, dem Athener, seinem Freund, der dort festgehalten wurde.

Als sein Vater, seine Frau und seine Kinder ihm von der Qual berichten, die Lykos ihnen zu bereiten sich anschickt, wird der Held von der Tobsucht übermannt; in seinem Geiste kommen lauter blutrünstige Bilder auf: der Palast in Schutt und Asche, Enthauptungen, von Pfeilen durchbohrte Leiber den Hunden zum Fraß vorgeworfen, vor Blut über ihre Ufer tretende Flüsse, Gemetzel, all das wird er tun.

Seinen Ruhm, er will ihn unversehrt; all die bestandenen Bewährungsproben, was können sie ihm noch bedeuten, wenn er die Seinen nicht dem Tode entreißt? Er verlöre seinen Namen. Diese tobende Wut entsetzt seinen Vater. Er fürchtet, dass das vom Tyrannen aufgewiegelte Volk sich an seinem Sohn vergreift, er bittet ihn, in den Palast zurückzukehren, wo er in Sicherheit wäre. Herakles gehorcht – die Siegel der Palasttüren sind gebrochen worden –, seine Kinder aber klammern sich an seine Kleider. Um ihn zurückzuhalten – oder um Schutz zu suchen, als ahnten sie die schreckliche Zukunft, die sie erwartet.

Amphitryon ist freudetrunken. Lykos erscheint, wie angekündigt, er kommt seine Beute holen. Der alte Mann schickt ihn in die Höhle des Löwen, in den Palast, in den sich Herakles zurückgezogen hat. Dort wird er den Tod finden. Herakles schächtet ihn.

Sollten die Götter die Gerechtigkeit lieben? Die Bösen bestrafen? Man kann sich das fragen, in diesem Augenblick, da Herakles endlich als wahrer Sohn des höchsten Gottes anerkannt ist: Er ist von den Toten auferstanden, und der Thronräuber musste für seine Taten bezahlen.

Auf dem Höhepunkt des frommen Jubilierens erscheinen dann aber zwei schreckliche Gestalten am Himmel: Lyssa, die Tollwut, mit ihrem Helm aus zischelnden Schlangen, und Iris, die Gesandte jener Götter, mit denen Amphitryon gebrochen hatte. Ihre Mission lautet, den Hochmut desjenigen zu strafen, der sich für einen Gott hielt. Zeus, so könnte man meinen, hatte ihn beschützt, er hatte ihm geholfen, die Ungeheuer niederzustrecken, der Mensch war zu den Toten hinabgefahren und wieder zum Leben auferstanden. Doch man wird eines Besseren belehrt. Mehr denn je ist er nun Heras Hass ausgeliefert; die Gemahlin hat das Ruder an sich gerissen. Die Götter haben ihn verlassen. Aus gutem Grund! Durch seine philanthropische Tat stellt sich die Menschheit in bedrohlicher Weise mit ihnen auf eine Ebene. Die göttliche Entgegnung ist so schrecklich, dass sie selbst Lyssa, die Tollwut, entsetzt. Sie würde Iris gerne beschwichtigen, das Leid des Helden mindern, aber die Götter, denen die Gesandte dient, sind unerbittlich. Es läutet nicht die Stunde der Vernunft, sondern der Entfesselung des schlimmsten Wahns, des Wahns, der aufkommt beim Klang der schrillen Flöte. Dionysos hat daran keinen Anteil. Sein Wahn ist vergleichsweise sanft.

Herakles sühnt lange und grässlich das Verbrechen, der Sohn des Zeus zu sein. Das Blut der Toten steigt ihm zu Kopfe; jählings verfällt er einem tobsüchtigen Wahn; er geifert, seine Gesichtszüge verzerren sich, blutunterlaufen weiten sich seine Augen. Er jagt durch die Kammern des Palastes, um Eurystheus, den Tyrannen, zu stellen, der ihm seine Mordtaten aufgetragen hatte, er glaubt, ihn vor sich zu sehen. Während Athene im gewaltigen Brausen eines Wirbelsturms am Palast rüttelt, sterben die Kinder und die Mutter, denen ein entfesselter Oger überall nachstellt, einer nach dem anderen entsetzliche Tode, durchbohrt von Pfeilen, die getränkt waren vom Blut der Hydra mit den einhundert immer wieder nachwachsenden Köpfen, oder mit von der Keule ihres Vaters zertrümmertem Schädel. Athene hindert ihn am schlimmsten aller Verbrechen, dem Vatermord, indem sie einen Stein gegen seine Brust schleudert, da er sich gerade anschickt, Amphitryon niederzumetzeln; er fällt in Ohnmacht. Da ketten der Greis und die ihn umgebenden Thebaner den Getriebenen an eine der umgestürzten Säulen des Palastes.

So groß ist der Schrecken, dass man Amphitryons Furcht versteht, der Getriebene könne womöglich wieder zu sich kommen. Die Thebaner recken die Fäuste gegen die Götter, denen sie eben noch dankten, als sie diese gerecht wähnten. Warum hat Zeus seinen Sohn verlassen?

Herakles erwacht ernüchtert; die Enormität seiner Taten steht ihm klar vor Augen: Er hat sich schlicht und ergreifend zum Handlanger des Lykos gemacht, er selbst ist der Wolfsmensch, den er getötet hat. Das Raubtier hat das heilsame Werk des Helden zunichtegemacht. Wozu sollten die Totenkleider dienen, die für den auf Befehl des Tyrannen errichteten Scheiterhaufen bereitlagen? Dass die Kinder von ihrem eigenen Vater erschlagen wurden! Der Anblick des Gemetzels rings umher ist ihm unerträglich; er gewahrt dort seine Bestialität, wo er sich doch für einen Jäger von Ungeheuern hielt. Dass er auf den Körpern, die um ihn herum daniederliegen, nicht selbst Hand an sich legt, ist nur dem zufälligen Erscheinen des Theseus zu verdanken, dem König von Athen, dem Freund, den er vor dem Tod gerettet hat. Aus Scham hüllt er sein Haupt in ein schwarzes Tuch.

Theseus rettet Herakles, so wie jener ihn gerettet hat, er bewahrt ihn vor dem Selbstmord. In Athen, in der Stadt, die sich die gastfreundlichste von allen nennt, wird der gefallene Held Aufnahme finden. Amphitryon wird ihm dorthin folgen, nachdem er die Toten bestattet hat. Herakles ist quasi tot. Er zieht das Jenseits des Grabes, aus dem man ihn zurückgekehrt wähnte, hinter sich her. Von den Drachen und Hydren besessen, die ihm an der Haut kleben, bis ans Ende seiner Tage vom dreiköpfigen Hund verfolgt. Die Götter sind das Schicksal, die Verdammung seines Lebens, auf immer verwundet von den Verbrechen der Generationen der Toten.[19]

Der stärkste Mensch auf der Welt vermag nichts
gegen einen Gott.
(Vers XXX)

DIE HERAKLEIDEN

Das Recht der Flüchtlinge

IOLAOS

Schon seit langem denke ich Folgendes:
Der gerechte Mensch ist für seinen Nachbarn da,
Aber der Mensch, den sein Begehren
nach Bereicherung trachten lässt,
Ohne Nutzen für die Stadt, schwerfällig im Austausch,
Ist nur für sich selbst gut –
das weiß ich nicht vom Hörensagen.

(Vers 1–5)

Als Herakles starb, der Held, der Sohn einer Sterblichen und des Zeus, der Große, der heilige Wohltäter der Menschheit, hinterließ er eine vielköpfige Familie. Unter diesen seinen Anverwandten: die Mutter Alkmene, der Neffe und treue Kampfgefährte Iolaos, der schon ein Greis war, der bereits ausgewachsene Sohn Hyllos, der überall nach Asyl und Hilfe Ausschau halten musste; und – beklagenswerter als alle anderen – eine Schar kleiner Kinder, Jungen und Mädchen. Ganz Griechenland ehrt Herakles, außer Eurystheus, der König von Argos, der ihn schon immer hasst. Er ist ein Tyrann, dem alle menschlichen Werte gleichgültig sind, ungebildet, ohne Erbarmen, ohne Glauben, wild entschlossen, die Nachkommenschaft seines Feindes bis auf den letzten Spross auszurotten. Die ganze Familie ist zum Tode verurteilt. Unter der Führerschaft des Iolaos sind die Kleinen zusammen mit ihrer greisen Großmutter Alkmene auf der Flucht. Die bemitleidenswerte Schar irrt von einem Ort zum anderen und wird überall abgewiesen, bis sie schließlich Zuflucht findet in Attika, im sagenhaften Marathon, einige Kilometer von Athen gelegen, das eines Tages zu Berühmtheit gelangen wird wegen des dort errungenen Sieges der Griechen über die Perser. Alkmene befindet sich mit den Mädchen im Tempel, Iolaos mit den Jungen davor, auf den Stufen zum Altar des Zeus.

Alkmene und Iolaos sind alt, die anderen sind klein, keiner besitzt die Kraft, sich zu verteidigen; sie warten auf das Verdikt Athens. Werden sie auf dem Gebiet der Stadt leben dürfen, ja oder nein? Hier herrscht ein demokratischer König, ein Sohn des Theseus, der durch das Los bestimmt wurde: Demophon. Und die große Stadt steht in dem Ruf, Unterdrückte aufzunehmen und zu beschützen. Entspricht er der Wahrheit? Mitunter dient das Lob dazu, das Übel zu verdecken.

Die Unterdrückten gehören zur selben Abstammungslinie; die einen wie die anderen, die Flüchtlinge wie die Häscher und wie auch die Könige, auf die sie hoffen, haben ihren Platz im Stammbaum des Pelops. Alle sind Vettern, Pelopiden, die Guten wie die Bösen, die Gastfreundlichen wie die Verachtenswerten. Eurystheus, der Schlächter, ist ein Verwandter von Alkmene. Darum ist er nicht weniger gewillt, sie zusammen mit ihren Kindern zu töten. Kein Krieg ist erbarmungsloser als der zwischen Blutsverwandten.

Ein Gesandter des Eurystheus, ein Botschafter der Argäer, eilt nach Marathon. Sein Auftrag lautet, die Flüchtlinge in Gewahrsam zu nehmen und sie nach Argos zu bringen, sie dem Tempel und dem gastfreundlichen Altar zu entreißen, um sie zu ermorden. Das in Athen geachtete Asylrecht steht in Konflikt mit dem Recht der Stadt, in der sie wohnten und verurteilt wurden. Per Dekret aus dem Gebiet von Argos verbannt bleiben sie doch Argäer, um die Strafe durch die Stadt zu erleiden, die sie verbannte.

Die um Hilfe gerufenen Söhne des Theseus, Demophon und sein Bruder, zeigen sich betroffen. Zornig schwören sie dem Botschafter des Tyrannen, dass sie die Expatriierten niemals ausliefern werden. Nein, lieber Krieg als die Ehrlosigkeit des Verbrechens, als die Abkehr von einem geheiligten Recht! Der König Demophon reckt gegen den Gesandten, der Hand an die Flüchtlinge legen will, sein Zepter, das Emblem seiner Macht. Doch weil er ein demokratischer König ist, kehrt er nach Athen zurück, sein Volk zu Rate zu ziehen. Er muss die Meinung berücksichtigen, die ihn gewählt hat; er ist kein absoluter Herrscher wie Eurystheus. Die Stadt aber, mit der Stimme der Seher und der religiösen Schriften, gibt eine weniger großzügige Stellungnahme ab als der junge König in seiner Erregung. Gewiss, sich weigern, die Unglücklichen auszuliefern, aber unter einer alles in allem für die Priester und das Volk banalen Bedingung: dass ein jungfräuliches Mädchen hoher Abstammung zuvor geopfert werde. So lautet der Preis für das Asyl. Der Brauch ist alt, er hat immer noch Geltung, aber in diesem Falle läuft er schlicht und ergreifend darauf hinaus, das Unmögliche zu verlangen. Der König wird nicht seine Tochter töten und niemand anderen dazu zwingen, ein solches Opfer zu bringen. Für die Flüchtlinge bedeutet das den Tod.

In ihrer Not werden die Asylsuchenden von einem jungen Mädchen gerettet werden. Makaria, eine der Töchter des Herakles, Makaria mit dem trefflichen Namen, denn er bedeutet »die Glückselige«, tritt aus dem Sanktuarium, wo sie dem Schutze Alkmenes unterstand. Sie bietet sich aus freien Stücken an, ohne es zu dulden, dass ihr Opfer durch das Los entschieden werde, sie wäscht im Voraus ihre Anverwandten von aller Schande rein, einen Mord zu begehen, denn sie willigt ein; sie will sterben zum Wohle der Ihren. Der Ruhm werde ihre Vergütung sein und das Grab; die schönsten Bestattungsehren, nach denen sie verlangt, preisen den Tod, das Heilmittel gegen alle Übel. Groß sei sie, groß werde sie bleiben, so es denn unter der Erde noch irgendetwas geben sollte – was sie sich nicht wünsche, beileibe nicht! Sie sei Materialistin.[20]

Das Eintreffen des Hyllos, Herakles' Sohn, mit einer Armee erfüllt die in Marathon Gestrandeten mit Hoffnung. Der Kampf kann kommen, die Erfolgsaussichten sind besser, so denn das von den Priestern verlangte Opfer dargebracht wird. Iolaos macht sich bereit für die Schlacht: Ein Sklave schleppt die Waffen, deren Gewicht der greise Körper nicht mehr ertrüge; er greift ihm unter die Arme und führt ihn. Der stolze Hoplite braucht eine Stütze. Doch durch ein verblüffendes Wunder wird ihm im Laufe des Kampfes wieder die Jugend geschenkt. Zwei Sterne setzten sich auf Hyllos' Wagen, eine düstere Wolke umhüllt den Schauplatz und mitten aus der Finsternis taucht der verjüngte Iolaos auf, kräftig wie einst. Herakles und seine junge olympische Gemahlin Hebe hätten dies bewirkt – so sagen es die Seher. Iolaos wird Eurystheus unschädlich machen und in Ketten legen.

Wie wird Eurystheus enden, dieser barbarische Grieche, dieser blutrünstige Pelopide, der Herakles' Nachwelt im Blut ertränken wollte? Er wird vor Alkmene geführt, durch eine ebenso gerechte wie unerwartete Wendung des Schicksals. Die alte Königin ist erbarmungslos, sie erfreut sich an seinem Unglück, nichts könnte ihr in ihrem hohen Alter mehr Genuss bereiten: Sie verurteilt ihn, tausend Tode zu sterben, ein einziger sei nicht genug für ihn. Doch einmal mehr kommen die Gesetze einer Absicht in die Quere; sie hatten gegen den Schlächter von Argos gewirkt, dieses Mal kommen sie ihm zugute. In Athen verbieten sie es, einen Feind zu töten, der im Kampf lebendig gefangen genommen wurde. Die siegreiche Mutter aber gibt nicht auf. Sie wird ihn töten, das wird ihr Kampf sein, ihr Schlachtfeld, sie wird den Athenern nur seinen Körper lassen, sie wird das Gesetz umgehen. Er aber, der besiegte König, um auf diesen wilden Beschluss zu antworten, er nimmt den Tod an, verspricht aber der Stadt Athen, so sie ihn denn auf ihrem Gebiete bestattet, einen Schutz gegen den unausweichlichen Verrat durch ihre neuen argäischen Freunde; er versichert sich eines Grabes und sät zugleich im feindlichen Lager das Gift des Argwohns. Die gnadenlose Alte befiehlt daraufhin, dass sein Körper nach seinem Tod den Hunden zum

Fraß vorgeworfen werde. So wird es kein Grab geben. Mit oder ohne Recht.

For the female of the species is more deadly than the male.
»The female of the species«,
Rudyard Kipling's Verse: Inclusive Edition,
1885–1918, London 1919.

HIPPOLYTOS

Das Geheimnis

APHRODITE

Mehr als eine bei den Menschen, und nicht namenlos,
Bin ich die Göttin die unterm Himmelsgewölbe
Kypris genannt ...

(Vers 1–2)

Es lebte einst in Troizen im Nordosten des Peloponnes ein wundersamer Knabe. Er stammte aus der Athener Königsfamilie, da er das uneheliche Kind des Königs Theseus und der Königin der Amazonen war. Er war schön wie seine Mutter, von athletischer und flinker Gestalt. Sein Urgroßvater Pittheus hatte ihn in Troizen aufgezogen, ihn Zurückhaltung und Verzicht gelehrt, Selbstbeherrschung, Liebe zum Schönen. Aphrodite, der Göttin des Fleisches, zog er Artemis vor, die Jägerin: Ihr stand sein Schönheitspreis zu. Wobei er sich im Übrigen um Frauen nicht scherte. Das Gymnasium, die griechischen Spiele unter Gleichaltrigen, die Jagd in den Bergen, die Rennen auf schönen, rassigen Pferden gefielen ihm besser. Stellte er sich eine zukünftige Gemahlin vor, so malte er sie sich eher ungeschliffen oder dienend als gebildet aus. Ja, er liebte über alles die Wälder, die Bücher, die Musik, das sportliche und studienreiche Leben. Er war ein Aristokrat. Mit all diesen Tugenden versehen, von seinem Vater und allen Bürgern geliebt, konnte der junge Prinz Anspruch erheben auf die höchsten Ämter, auf die reichsten Vermählungen, aber ihm war das einerlei; er hatte sich selbst ein Reich aus Unabhängigkeit und Anmaßung im königlichen Palast des Vaters errichtet; und in der Einsamkeit der Wälder vernahm er manchmal Artemis' Stimme, die sein Idol war, ohne sie jemals zu sehen – fein und musikalisch ergründet das Ohr, was kein Auge erfasst.

Phaidra, die junge Gemahlin seines Vaters, sah ihn aus der Ferne auf einem großen Fest. Sofort entbrannte in ihr eine verzehrende Leidenschaft. Wenig später fand sie sich im Palast in Troizen allein mit ihm und den beiden Kindern, die sie ihrem Gemahl geboren hatte (Theseus verbüßte ein Blutsverbrechen, das er an nahen Verwandten begangen hatte; sein Exil sollte ein Jahr dauern). Phaidra konnte die Geringschätzung des Hippolytos nicht ertragen; sie wurde krank, wünschte sich den Tod. Sie dachte, dass eine Frau wie sie, Königin von Athen, Mutter zweier ehelicher Kinder, hochadelige Prinzessin aus Kreta, sich nicht an einen niederträchtigen Ehebruch verlieren durfte, und mit aller Kraft kämpfte sie gegen ihre Leidenschaft an. Die Scham war umso schmerzlicher, als sie die Angreiferin war und in dieser Affäre die Rolle des liebestollen Mannes spielte. Ihr Körper war der Kampfplatz widersprüchlicher Gefühle. Hippolytos entzog sich, er mochte die Götter der Nacht nicht und berauschte sich an seiner strahlenden Jungfräulichkeit. Wie nur dieser Frau, die von einem entsetzlichen Geschwür befallen war – dem Liebesbegehren –, aus dem Wege gehen?

Sie ist kurz davor, sich zu verzehren. Ihre Zofen umhegen sie. Aber kein Wort kommt ihr über die Lippen, sie verschließt sich. Die Zuneigung prallt an ihrem Schweigen ab. Sie versinkt in der Finsternis ihrer sie erdrückenden Gedanken. Ihre Amme leidet noch mehr als die Gebieterin selbst an dem unbekannten, quälenden Übel; sie ist krank für zwei, wirft sich auf den Boden, umschlingt ihr weinend und zeternd die Knie. Als sich Phaidra endlich offenbart und ihre Leidenschaft der Amme eröffnet, kommt dies einem Donnerschlag gleich. Der Tod sei die einzige Ausflucht, so scheint es der Gebieterin und auch der Dienerin, denn um jeden Preis gelte es zu verhindern, dass irgendjemand davon erfährt; es gelte, der Scham zuvorzukommen.

Dieser Kampf ist keiner zwischen der moralischen Pflicht – oder dem inneren Gesetz – und dem Fleisch, sondern zwischen der Scham (shame) und dem partikularen Begehren.[21] Die soziale Identität ist in Gefahr. Nicht der Inzest steht zur Debatte. Er ist nur ein Detail und stellt nicht das Problem dar. Das sich offenbarende weibliche Begehren genügt, um sich zu entehren. Phaidra akzeptiert nicht, was ihr widerfährt. Eros hat sich wie von außen auf sie gestürzt; ihr Widerstand ist heftig; sie leidet doppelt: Ihre Leidenschaft ist unglücklich und nicht zu stillen, ihr Widerstand gegen sie äußerst heftig. Ihre Umgebung sieht in ihr einen Schandfleck, ihr Ansehen ist beschmutzt: in ihren Augen der Verlust dessen, was ihren Stolz begründete. So kann sie nur Hand an sich selber legen, so bleibt ihr nur der Tod.

Die Dienerin hat weniger (oder mehr) zu verlieren. Sie liebt ihr Leben mehr als den Ruhm. Angesichts des nahen Todes ihrer Gebieterin gelangt sie zu einem Sinneswandel. Das Drama, das darin bestünde, das eheliche Bett durch einen Liebhaber zu beflecken, mutet ihr nicht mehr derart scheußlich an. Phaidras heldenhafter Kampf sei schön, gewiss, doch in erster Linie zähle das Leben! Sie bietet ihre Kupplerdienste an: Sie habe, so sagt sie, es falle ihr plötzlich wieder ein, in ihren Koffern Zaubermittel – aphrodisierende oder besänftigende, je nach Wunsch. Die Lüge verrät sich in dieser wie beiläufig gemachten Bemerkung. In Wirklichkeit schwebt ihr vor, mit Hippolytos zu sprechen. Das aber verschweigt sie ihrer unglücklichen Gebieterin, wie diese ihr verschweigt, dass so ihr geheimer Wunsch lautet. Was den Jungen betrifft, sagt die Amme, so müsse man ihm die Augen öffnen – sie könne dazu einen Zauberspruch oder ein Kleidungsstück verwenden, das ihn der magischen Beschwörung ausliefere; es sei also unverzichtbar, dass sie ihn aufsuche. Sie übergeht die verängstigte Frage, in der sich die Ungläubigkeit der jungen Frau offenbart: Dieses Zaubermittel, sei es eine Salbe oder ein Trank? An Phaidras statt wird sie zu Hippolytos gehen und tun, was die

Königin sich zu wagen weigert: in Kontakt mit ihm treten.[22] Bis zum letzten Augenblick hält Phaidra das Geständnis zurück und sucht den reißenden Strom des Schicksals aufzuhalten. Sie versteht, dass die Sache mit dem Zaubermittel nur ein Vorwand ist, den jungen Mann aufzusuchen. Warum mit ihm reden? Warum nicht?

Die Amme verschließt die Ohren. Trotz der Befürchtungen ihrer Gebieterin geht sie zu ihm. Natürlich empört sich Hippolytos angesichts dieser Offenbarung. Die beklemmende Obszönität, welche die Königin in sich verbarg, wird durch den Fehltritt derjenigen, die nur das Beste für sie wollte, ans Licht gezerrt. Hinter der Tür lauschend vernimmt Phaidra die Worte der Abweisung. Der Anstand, der ihr Leiden maskierte, die Hoffnung, die sie noch am Leben hielt, sie sind dahin. Nackt und beschämt steht sie vor dem Mann, der sie nicht liebt.

Hippolytos schert sich nicht im Geringsten um Phaidras Zukunft, schwört aber, ihr Geheimnis nicht zu verraten. Er ist derart entsetzt, dass er sich befleckt fühlt von der Schändlichkeit, die man ihm ins Gesicht schleudert. Das Begehren dieser Frau trübt die Reinheit seines Selbstbildes. Er werde ins Exil gehen, das Land bis zu Theseus' Rückkehr nicht mehr betreten. Phaidra ist am Boden zerstört. Sie verjagt die Amme, deren Eifer sie ins Verderben führte, und erhängt sich.[23]

Das Schweigen wird zwei Mal versprochen. Hippolytos hat sein Wort gegeben, und auch die Dienerinnen werden nichts sagen. Aber Phaidra spricht jetzt, von jenseits des Todes, in einer stummen, stimmlosen Sprache ohne Wechselrede: Der Brief, den sie hinterlässt, ist wie ein Testament und liefert den Schlüssel zu ihrem Tod. Sie hat sich nicht nur aus Verzweiflung, sondern auch aus Hass getötet. Mit ihr soll ein anderer ins Verderben gehen, in dem sie den Verursacher ihres Leidens sieht. Die Abscheu, die sie vor sich selbst empfindet, gilt auch dem, der sie ihr eingeflößt hat.

Aus dem Exil zurückkehrend findet Theseus sie tot vor. Natürlich ahnte er von nichts. Der Brief mit ihrem goldenen Ring als Siegel ist in seinen Händen. Da das gesprochene Wort dem Schweigegebot gehorchte, wird die Schrift den tödlichen Stoß ausführen: Sie schreit den Schrecken heraus, den wahren und den falschen, den die Königin, mit Rücksicht auf die Schicklichkeit, zu Lebzeiten verborgen hatte. Lügnerisch bezichtigt sie Hippolytos der Vergewaltigung, aber ist es nicht wahr, dass sie aus verschmähter Liebe starb? In seiner Tobsucht erinnert sich Theseus, dass ihm sein Vater Poseidon, der Gott der Meere, gewährt hatte, drei tödliche Flüche auszusprechen. Man drängt ihn zu verzeihen, doch Theseus, aufgebracht und verletzt, richtet die kosmischen Kräfte, die sein Vater ihm zur Verfügung gestellt hatte, gegen den Sohn, den er eben noch liebte. Und als ob diese unvordenklichen Verwünschungen nicht genügten oder er ihnen nicht ganz traute, ordnet er des Sohnes Exilierung an, seinen gesellschaftlichen Tod, um es in aller Klarheit zu sagen, denn ein Verstoßener, ein Verfemter, ein Vaterlandsloser ist ein Paria in jeder Stadt, in der er Zuflucht sucht.

Hippolytos verfängt sich in den Fallstricken der Tugend, die ihn seine Lehrmeister von hoher Abstammung gelehrt hatten. Ihr Brief und ihr Leichnam verlangen seinen Tod. Vor seinem Vater verteidigt er sich nicht; er erträgt dessen gewaltige Ironie: Er, der Reine, der Vegetarier, der Leser mystischer Zauberbücher sei also ein gemeiner Verbrecher! Seine Frömmigkeit selbst ist es, die ihn verurteilt, denn sie verbietet ihm, dem Vater von Phaidras Verhalten und von ihrer Lüge zu berichten. Die aristokratische Eleganz, die seine Zunge vor dem Volk in Zaum hält, die Ehrfurcht vor den Göttern, die Achtung vor dem Geheimnis – all dem zeigte er sich stets verpflichtet, all dies stürzt ihn nun ins Verderben. Die feierlichsten Schwüre entsprechen seiner Aufrichtigkeit. Aber der Vater bleibt taub. Er straft als Tyrann, ohne Untersuchung, ohne Zeugen zu befragen, ja sogar ohne die Orakel zu Rate zu ziehen. Und wenn er nicht die Todesstrafe verhängt, dann weil das Exil größeres Leiden verheißt.

Weder der eine noch der andere haben das Schlimmste vorhergesehen: den entsetzlichen Tod, den Theseus mit seinem Fluch heraufbeschworen hat, ohne zu wissen, wie der Gott ihm nachkäme. Der Theaterkniff vermengt das blinde Gesetz des Schwures und die ungerechte Strafe der Menschen. Er hatte den Sohn verflucht, doch dazu musste auch noch der lange Weg des Exilierten längs der Küsten kommen, um jenen Albtraum Wirklichkeit werden zu lassen, jenes Monster aus Kreta, von den Wellen herangetragen, ein aus dem Meer der Anfänge und der tierischen Gewalt aufgetauchter Stier, der die Pferde des Hippolytos in Angst und Schrecken versetzt und in ihr verheddertes Zaumzeug sich jenen verfangen lässt, dessen Name die Verheißung war, sie ihrer Zügel zu entledigen (*hippo-lytos*). Er stirbt, die schlimmste aller Qualen erleidend, in den Armen des Vaters.

Schweigen ist Silber, Reden ist Gold.

ION

Das Blutrecht

HERMES

Atlas, der auf seinen ehernen Schultern
Trägt das Himmelsgewölbe, der Götter altertümliche Bleibe,
Zeugte mich ...
(Vers 1–3)

In Athen lebte einst eine junge und schöne Prinzessin, Krëusa, Tochter des Königs Erechtheus, die von Apollon geliebt wurde, dem Gott des panhellenischen Sanktuariums von Delphi. Er unterwarf sie seinem Begehren und zeugte ihr ein Kind. Es war nicht das erste Mal und sollte nicht das letzte Mal bleiben, dass sich ein Gott für eine Sterbliche entflammte. In diesem Fall aber war die Sache von besonderem Gewicht. Die Athener Königsfamilie, das Gründergeschlecht einer der ruhmreichsten Städte Griechenlands, war betroffen, wenn nicht gar kompromittiert. Zunächst hielt es Apollon nicht für geraten, sein Abenteuer an die große Glocke zu hängen (sei es, dass er es nicht für glanzvoll genug erachtete, sei es, dass sich der Gott des Orakels – natürlich im Wissen um die Zukunft – auf Zeit zu spielen entschloss, die Zeit der Bewährungsprobe). Krëusa, verschreckt und verängstigt, musste die Begebenheit vor ihrem Vater und ihrer Mutter geheim halten. Als das Kind in einer Grotte am Fuße der Athener Akropolis zur Welt kam – in ebenjener Grotte, in welcher der Gott von ihr Besitz ergriffen hatte, – legte sie es in einen in Tücher gehüllten Korb und überließ es viele Tränen vergießend den wilden Tieren. Ihr Vorfahre Erichthonios war ebendort geboren worden, aus Mutter Erde gewachsen, die Hephaistos an jener Stelle mit seinem Samen getränkt hatte bei dem erfolglosen Versuch, Athene zu verführen, die immer noch erbarmungslos jungfräuliche Göttin. War das wirklich Zufall? Krëusa, jungfräulich für die anderen, in Wirklichkeit Mutter, wiederholte, was

Athene getan hatte, als sie Erichthonios, das Kind der einsamen Lust, in einen Korb legte, den zwei Schlangen bewachten. Zwei Schlangen waren auch im Korb der attischen Prinzessin gewesen, einem goldenen Edelstein aufgeprägt, klares Zeichen einer verweigerten Mutterschaft. Denn sie wies das Kind zurück, überließ es den Tieren, einem sicheren Tod geweiht, und versah es zugleich mit dem Siegel der Athene.

Sie wusste nicht, dass auf Apollons Bitten der Neugeborene von Hermes aus der Grotte geholt, nach Delphi gebracht und bei der Priesterin des Sanktuariums Aufnahme finden würde. Diese erbarmte sich des Säuglings, zog ihn groß und stellte ihn in den Dienst des Gottes. Für Krëusa war das Kind tot. Als sie zur Grotte zurückgekehrt war, hatte sie nichts mehr vorgefunden, keinen Körper, den sie hätte bestatten können.

Die Prinzessin würde große Güter erben; ihr stand der Reichtum eines Reiches zu, dem eine prächtige Zukunft verhießen war, in Europa wie auch im ionischen Asien; so wurde sie wenig später von ihrem Vater vermählt. Sie war die einzige Tochter, die ihm blieb. Die beiden anderen hatte er den Göttern geopfert, um von diesen die Gunst eines Sieges zu erhalten. So war es in jenen tragischen Zeiten gang und gäbe und mitunter von Erfolg beschieden. Die geopferte Iphigenie hatte die günstigen Winde entfacht. Ein thessalischer König, Xuthos, hatte Erechtheus bei der Verteidigung Athens geholfen; so gab jener ihm Krëusa zur Belohnung. Dem Mann fehlte es nicht an Empfehlungen: Über seinen Vater Aiolos, den Gott des Windes, war er ein Enkel des Zeus, nur leider war er kein Athener. Zu jener Zeit war es nicht leicht, Aufnahme in einer Gemeinschaft zu finden, selbst mit Trauring. Es war die Zeit der Eingeborenen. Man war *autochton*, das heißt »eingeboren«. Die Bezeichnung wurde mit Inbrunst beansprucht. War man ein Fremder, hatte man nicht nur andere Götter und andere Sitten, sondern man konnte auch nicht attisch sprechen, durch politische Redegewandtheit überzeugen oder seine Stadt gut verteidigen. Nationalistischer, patriotischer als die Athener konnte man gar nicht sein. Erechtheus aber wollte den Sieg für sein Land. Doch ganz unabhängig davon würde das in ihrer Vereinigung gezeugte Kind dank des mütterlichen Schoßes athenisch sein.

Einmal verheiratet warteten Xuthos und Krëusa lange auf den Erben; er kam nicht. War Krëusa unfruchtbar? Das Kind des Apollon, der göttliche Bastard, hätte dieser Erbe sein können, aber es war verloren; zumindest glaubte Krëusa das. Die Vermählten begaben sich nach Delphi, das Orakel zu befragen. Das war so üblich. Zahlreiche Orakel, und mitunter äußerst beunruhigende, waren an diesem Ort verkündet worden. Krëusa verabschiedete sich dort von ihrem Mann, und während dieser in einem der zahlreichen Sanktuarien der heiligen Stadt das Orakel befragte, bewunderte seine auf ihn wartende Frau zusammen mit den Dienerinnen die Meisterwerke rings umher, herrliche Tempel und Statuen, Meisterwerke der größten Künstler Griechenlands, als sie einem jungen Knaben begegnete; beide waren sie wie gebannt, Krëusa nicht weniger als er, von der Gestalt des anderen, die ihnen da vor Augen stand, vor Rührung und Überraschung verschlug es beiden die Sprache. Krëusa war aus Athen, Ion aber hatte noch keine Identität vorzuweisen, er hatte weder Mutter noch Vater. Der Prinzessin kamen vor diesem Mysterium, das sie an ihr Geheimnis gemahnte, die Tränen; sie war verblüfft: »Wer um Himmels willen, wer war deine Mutter?« Vor diesem Jungen trägt sie das Herz auf der Zunge, und sie erzählt ihm von der Verstoßung des Kindes, die sie aber einer Freundin andichtet. Nicht ahnend, dass ein jeder das Objekt der Suche des anderen war, sollten sie ihre Verbundenheit entdecken, in eine gemeinsame Nachforschung verwickelt: der eine im Begehren nach der Mutter, die andere im Kinderwunsch.

Xuthos' Erkundigungen in einem Orakel, das mit dem des Apollon rivalisierte, eröffneten einen Zeitraum, welcher der Begegnung von Mutter und Kind günstig war; es war, als wären sie im Dunkeln gegeneinandergestoßen; wenigstens haben sie sich gesehen, der verwaiste Sohn und die kinderlose Mutter. Da ihm das befragte Orakel nicht antworten konnte oder wollte, begibt sich Xuthos allein zum pythischen Gott, dem Herrscher über das Sanktuarium. Die Antwort schlägt ein wie der Blitz: Er hat einen Sohn, und er wird ihn treffen, sobald er den Tempel verlassen haben wird, in Gestalt des ersten Menschen, der ihm entgegenkommt.

Der erste Mensch, der Xuthos, kaum aus dem Gebäude getreten, entgegenkommt, ist Ion, das heißt »der Kommende« – aber wie es ein seltsamer Zufall will, lautet so auch der Name des mythischen Ahnen der Ionier, den Xuthos ihm feierlich zuerkennt, wie ein Vater seinem Sohn, ohne zu wissen, was er sagt. Er ist der Sohn des Apollon, durch Geburt und durch sein Amt als Hüter des Tempels. Also schenkt Apollon seinen Sohn dem Gemahl der Krëusa, jener aber hat nicht verstanden, dass es sich um eine Gabe handelt: Er glaubt, er selber sei der wahre Vater. Es ist eine Gabe, sagt er sich, aber aus ihm selber hervorgegangen (Vers 537). Sei's drum, dass er die Frau vergaß, die Mutter dieses großen Sohnes, die er dank einer glücklichen Fügung geschwängert hatte. Der Gott wird ihn sie schon wiederfinden lassen. Er schwört es: Seitdem er vermählt ist, hat er seine Frau nie betrogen: Er ist ein vorbildlicher Gemahl. Frenetische Freudenergüsse überkommen ihn, er umarmt Ion so inniglich, dass es den unschuldigen Diener des Gottes erschüttert, der sich wie von einem Triebtäter belästigt fühlt.

Das Orakel hat sich einseitig nur mit Xuthos abgegeben. Der Thessalier ist glücklich, Krëusa ist es nicht; der Platz des Erben ist nun besetzt und nicht sie wird es sein, die ihrem Vater Eurechtheus eine Nachkommenschaft schenkt; davon abgesehen wird sie für unfruchtbar gelten, denn alle Spuren ihrer Niederkunft haben sich verflüchtigt. Ion seinerseits hat noch immer keine Mutter. Wie sehr er auch gemeinsam mit diesem vom Himmel gefallenen Vater versucht, eine Geburt nachzuzeichnen, bleiben die Umstände im Dunkeln: vor der Vermählung? Natürlich! Aber mit wem? Mit einer Mänade? Mit einer Tochter Delphis? Im Rausch? Seine Ursprünge sind unklar. Ist das hinnehmbar für einen Erben des Erechtheus, für den Anwärter auf die Macht über das Volk, das unter allen je auf der Erde gesehenen Völkern am meisten über seine Reinheit wacht? Sein Vater stammt von woanders her und wird ihm nicht von Nutzen sein. Ihm gebricht es an der Eingeborenheit. Und es schmerzt ihn der Gedanke an die ihm vor Augen stehende unfruchtbare Frau, die ihn an das Bild einer Mutter gemahnt, deren Name ihn nicht loslässt und die er elendig durch den Palast irren sieht.

Xuthos wischt Ions Bedenken beiseite. Ein Festmahl solle im Geheimen die Anerkennung der Vaterschaft feiern. Krëusa werde nicht unter den Geladenen sein. Er werde dort seinen gedeuteten Namen empfangen, gemäß der Umstände seiner neuen Geburt, seinem Erblicken des Lichtes der standesamtlichen Welt: Ion, der Kommende, der Erwartete. Verdankt Apollons Sohn sein Glück dem Gott oder einem glücklichen Zufall? Man heißt ihn nun »Kind des Orakels« oder »Kind der Offenbarung«. Er kommt im Namen des Herrn.

Der Name sei trügerisch, beteuern Krëusas Freunde, und insbesondere der alte Diener, der sie begleitet, empört über die ihr widerfahrende Entehrung. In Wahrheit, sagt der Greis, habe

Xuthos, nachdem er Krëusa unfruchtbar wusste, außerhalb der Ehe einer Frau ein Kind gezeugt und es dann im Tempel aufziehen lassen. Durch die List einer vermeintlichen Befragung des Orakels habe er Krëusa nach Delphi gelockt. Apollons Antwort sei nichts als eine Erfindung. Dürfe denn ein Fremder seinen unehelichen Sohn zum König der Athener machen? Der Erbe sei der Sohn eines Thessaliers; und – was für eine Schande! – seine Mutter sei unbekannt, womöglich handele es sich gar um eine Sklavin. Dürfe ein Nichtathener die Pracht der städtischen Bräuche in den Schmutz ziehen? Als dann die Prinzessin durch den Greis erfährt, dass der anerkannte Sohn ebenjener schöne Knabe ist, dem sie sich am Morgen anvertraut hatte, brechen ihr Schmerz und ihr Zorn alle Dämme. Das ist der Gipfel! Sie kann das Geheimnis der Grotte nicht mehr länger für sich behalten, im Geiste durchlebt sie wieder das verhängnisvolle Geschehen der Vergewaltigung und die darauf folgende Aussetzung des Kindes, all diese entsetzlichen Augenblicke führt sie sich ins Gedächtnis zurück. Apollon ist der Übeltäter, er, der unwürdige Vater, der Gott der Poesie und der Musik, der auf der Lyra spielte, während sie leiden musste! Um die Wahrheit zu sagen: Was den Sex anbelangt, betragen sich im Allgemeinen die Männer abartiger als die Frauen. Ions Tod ist beschlossene Sache. Zum zweiten Male schickt sich Krëusa an, ihren Sohn zu töten. Aber diesmal weiß sie nicht, dass es ihr Sohn ist. Xuthos ist nicht weniger blind. Der Sohn, der von ihm auf den Thron gehievt wird, ist nicht der seine. Während Krëusa ihren Sohn für tot hält, hält er sich für den Vater eines Sohnes, der nicht der seine ist. Nur Ion ist jetzt noch auf der verzweifelten Suche. Sein Name genügt ihm nicht. Ist er ein natürlicher Sohn? Oder nur einer per Verordnung?

Die Waffe des Todes soll das Gift sein, ein Tropfen Blut der Gorgone, die von Athene getötet worden war, welche aus dem

Fell des Ungeheuers ihre Ägide gemacht und zwei Tropfen seines Blutes Erichthonios, dem Vorfahren, gegeben hatte: einen mit Heilkraft, einen zum Töten. Krëusa trägt in einer goldenen Kapsel die magische Flüssigkeit bei sich. Der Greis soll einen Weg finden, die tödliche Dosis in Ions Becher zu gießen. Es gelingt ihm. Aber das Attentat schlägt fehl. Von einem düsteren Vorzeichen gewarnt, das er als Tempeldiener zu deuten weiß, stößt Ion alle Becher um. Und als die Tauben des Sanktuariums, vom vergossenen Wein herbeigelockt, ihn vom Boden auftrinken, versiecht unter fürchterlichen Zuckungen jene, die vom Wein aus seinem Becher kostete. Der Greis wird der Tat überführt und verhört. Er gibt den Namen seiner Gebieterin preis. Krëusa wird verurteilt. Noch ist nicht entschieden, ob sie gesteinigt oder aber von einer Klippe gestürzt werden soll. Nach Delphi gekommen, um ein Kind zu erhalten, läuft sie nun Gefahr, ihr Leben zu verlieren.

Die Königin flüchtet sich auf die Stufen zu Apollons Altar. Sie hofft, dort Hilfe zu finden, während Ion, der Diener ebendieses Gottes, sich über die Gesetze des Asyls hinwegzusetzen gedenkt – so groß ist seine Tobsucht – und die Schlange mit den blutroten Augen verfolgt, die für ihn jene Frau ist, in der er seine Mutter nicht erkennt. Er würde sie auf der Stelle töten, selbst unter den Opferbinden des Flehgebets; mit schrecklicher Ironie, deren Tragweite er nicht ermisst, fragt er sie gar, ob es ihr eine Lust sei, dort zu sterben.

Die Pythia erscheint im richtigen Augenblick. Sie ist die Mutter, die nicht empfing, die Ersatzmutter; in ihren Händen trägt sie den in Tücher gehüllten Korb, in dem einst das Kind, das sie bei sich aufgenommen hatte, von einer Unbekannten ausgesetzt worden war. Und in diesem Korb entdecken Ion und Krëusa, die noch am Altar kauert, die Wahrzeichen einer so lange gesuchten Identität. Einer Befragung unterzogen zählt die Prinzessin aus einer Entfernung, die es ihr nicht erlaubt, das Innere des Korbes zu sehen, die Gegenstände auf, die sich in ihm befinden: die kostbaren Stoffe, in die sie das Kind einst gewickelt, das goldene Amulett mit den beiden Schlangen und sogar der noch immer grüne Lorbeerkranz.

Bleibt, das letzte Geständnis zu leisten. Ion kennt den Namen seines Vaters nicht, er glaubt noch immer, der Sohn des Xuthos zu sein. Er entdeckt die Wahrheit in zwei Schritten: Zuerst erkennt er, dass es um seine Unehelichkeit anders bestellt ist, als er dachte. So hätte er denn als Sohn einer Vergewaltigung einen schändlichen Vater? Diese Abstammung wäre noch verruchter als jene, die Xuthos ihm zugeschrieben hatte, indem er ihm eine Sklavin zur Mutter gab. Ion verlangt nach der Aussage der Athene. Sie erscheint auf dem Dach des Palastes, in Begleitung Apollons. Der Gott ist vorsichtig: Er fürchtet die Vorhaltungen, eine öffentliche Schande. Er hätte alles gesagt, aber erst später. Athene findet, dass er in dieser Angelegenheit furchtbar geschickt zu Werke gegangen ist.

Ohne das Theater, ohne die strenge Symmetrie der Kehrtwenden, ohne die Fiktion wäre Ion von den Raubvögeln verzehrt worden und Krëusa geächtet gestorben. Ohne das Theater oder ohne den Gott? Den wollüstigen Gott, den göttlichen Gottessohn, der sich seine Lust verschafft, ohne sich um die Folgen zu scheren. Zum größten Ruhme Athens.

Es heißt, das auf der Erde des glorreichen Athen geborene Volk
sei rein von jeder Vermischung.

(Vers 589–590)

IPHIGENIE IN AULIS

Eine Begräbnishochzeit

IPHIGENIE

Wenn Artemis entschieden hat, sich meiner zu bemächtigen,
Wie sollte ich Sterbliche mich dann der Göttin
in den Weg stellen?
Das steht nicht in meinen Kräften.
Ich schenke meinen Körper Griechenland.

(Vers 1395–1397)

Eine große Flotte liegt vor Aulis, am Ufer der Meeresenge von Euripos; sie ist bereit, nach Asien in See zu stechen, aber die auflandigen Winde hindern sie daran. Auf den Schiffen verlieren die Männer allmählich die Geduld, manch einer läuft unruhig am Strand hin und her. Eine riesige Armee war von einer Allianz griechischer Fürsten ausgehoben und an dieser Ausfahrt zum Ägäischen Meer zusammengezogen worden, um von dort aus nach Troja zu segeln; sie bereitet sich auf ein Gemetzel vor, auf Plünderei und Vergewaltigung, auf einen Kampf um Leben und Tod.

Die Stadt am anderen Ufer ist reich an Frauen und Gold. Einer der Söhne des dortigen Königs, Paris, hat eine griechische Prinzessin geraubt, die Frau von Menelaos, dem König von Sparta, eine Schönheit, und sie nach Troja verschleppt. Zweifellos ist er dazu von Aphrodite angestiftet worden, der Göttin der Liebe; sie hatte sie ihm versprochen. Es war ein Geschenk, der Preis, den sie ihm zahlte für sein Schiedsgericht zu ihren Gunsten auf einem Schönheitswettbewerb. Um den Titel »die Schönste aller Göttinnen« zu erhalten, gewährte sie ihm, die schönste Frau der Welt zu verführen. Alle griechischen Männer sahen sich in ihrer Mannesehre verletzt und empfanden diesen Raub als Kränkung: Ein Barbare vereinte sie, indem er sie alle gehörnt hatte.

Ihre Anführer, die fast alle Helena umworben hatten, waren einander durch einen Pakt verpflichtet. Denn noch bevor Menelaos sich durchgesetzt hatte gegen seine Rivalen, von denen so mancher die Schöne mehr verdient gehabt hätte als er, hatte Helenas Vater, bedacht darauf, einen Streit zwischen Griechen zu vermeiden, alle Anwärter zu schwören gezwungen, den Gewinner zu verteidigen, falls er in seiner Ehre angegriffen würde, ganz so, als ob es um ihre eigene Ehre ginge. Die Soldaten standen wie ein Mann hinter ihren Anführern; der Krieg dürfe nicht zwischen ihnen herrschen, sondern müsse gegen jede sich an dieser Vermählung vergreifende Fremde geführt werden, ganz gleich ob diese griechisch oder barbarisch sei.

Die Flotte wartet auf Wind. Eine beunruhigende Flaute herrscht über Aulis, und diese Stille steht den Wünschen der Armee entgegen. Der zu Rate gezogene Seher hat den göttlichen Willen offenbart; er ist furchtbar. Artemis, die Schutzpatronin von Aulis, fordere ein Opfer. Günstige Winde würden nur aufkommen, wenn Iphigenie, die Tochter des Königs Agamemnon, Bruder des Entehrten und oberster Heerführer, ihr geopfert werde. Nur wenige Männer, unter ihnen Odysseus, sind in dieses Geheimnis eingeweiht.

Iphigenie ist die älteste Tochter von Agamemnon und Klytämnestra, Helenas Schwester. Sie ist noch ein Kind, gerade eben erst in heiratsfähigem Alter. Sie lebt bei ihrer Mutter im Königspalast von Argos. Wie kann der Vater, und sei es auch nur einen Augenblick, bloß den Gedanken hegen, das Schlachtmesser gegen sie zu erheben? Zunächst sträubt sich Agamemnon dagegen, sich der Offenbarung des Sehers zu fügen. Doch Menelaos ereifert sich. Ist der Pakt denn nicht für beide Brüder und ihre Verbündeten verbindlich? Agamemnon gibt nach und erfindet eine Vermählung, die vor der Abreise Achill und Iphigenie in Aulis vereinen würde. Er schreibt seiner Frau: Sie möge Iphigenie zur Feier dieser Hochzeit herbringen. Achill, der vollkommene und für den Sieg unverzichtbare Krieger, erhebe dies zur Bedingung, sich dem Feldzug anzuschließen.

Kaum ist der Brief unterwegs nach Argos, bereut der König sein Tun. Er schreibt ihn neu, schreibt ihn um, eine ganze schlaflose Nacht lang. Am frühen Morgen befiehlt er einem alten Diener des Hauses, seiner Frau die Botschaft zu überbringen, dass die Hochzeit verschoben sei und sie nach Hause zurückkehren solle. Für alle Fälle offenbart er dem Boten, der nicht lesen kann, den Inhalt der Botschaft; er solle die niedergeschriebene Anweisung dieses mehrfach von neuem aufgesetzten Briefs der Adressatin mündlich eröffnen. Das Blatt zeuge von seinen Tränen, von seinem Zögern, es werde als Losung dienen. Dem entsetzten Diener, der die Reaktion Achills fürchtet, wenn jener sich um eine so schöne Person betrogen sähe, sagt er die Wahrheit: Achill wisse von nichts, erwarte nichts; die Hochzeit sei die Falle, die Iphigenie in den Tod führen solle.

Der Diener kommt nicht weit, noch in unmittelbarer Nähe des Lagers wird er von Menelaos festgenommen. Helenas Gemahl ahnte, wie zerrissen der Bruder sein musste, und überwachte ihn; auch hielt er Ausschau nach der Ankunft der Familie aus Argos. Er bemächtigt sich des Briefes, bricht das Siegel und erfährt von Agamemnons Kehrtwende. Es kommt zu einem fürchterlichen Streit zwischen den Brüdern, im Zwist scheiden sie voneinander.

Die Zeit aber steht nicht still. Eben war der Tag kaum angebrochen, nun ist schon heller Morgen. Die Reisenden sind eingetroffen. Mit Iphigenie und ihrem Letztgeborenen, Orest, einem Baby, das noch nicht sprechen kann, steigt Klytämnestra vom Wagen. Es ist die Stunde der Freude: Das vom anmutigen Schauspiel einer reichen und glücklichen Familie bezauberte Lager der Griechen bricht in Jubel aus; sie erwartet ein Fest mit ihren Königen. Dieser Tag ist vom Schicksal begünstigt, er wird eine glückserfüllte junge Frau erblicken, auch wenn keiner weiß, wer oder was dieses Glück wohl sein mag.

Agamemnon und Menelaos hatten sich zerworfen. Der eine suchte, den Tod seiner Tochter zu verhindern, der andere wünschte ihn sich inbrünstig herbei. Nun, da sich alles Bemühen des Vaters als vergeblich erwiesen hat, liegen die Dinge ganz anders. Der eben noch forderte, dass die Tochter seines Bruders geopfert werde, behauptet nun, es nicht mehr zu wollen. Er legt ein grausames Mitleid an den Tag, das Agamemnons Wunde noch heftiger schmerzen lässt, denn jener hatte sich in dem Wissen, nichts mehr ausrichten zu können, in sein Schicksal gefügt. Menelaos hingegen sieht, wie sehr der Ehrgeiz seines Bruders diesen dazu treibt, sich dem Willen des Volkes zu unterwerfen, und verlangt nach der Auflösung des Heeres. Als ob sich zweimal ein Begehren in sein Gegenteil verkehrt hätte; als ob die beiden Könige von einem Extrem ins andere gekippt wären, in einem galligen und finsteren Wortduell eine zögerliche Position gegen eine andere, nicht weniger beschämende getauscht hätten.

Kaum hat Iphigenie einen Fuß auf den Boden gesetzt, wirft sie sich ihrem Vater in die Arme, verrückt vor Freude und Liebe. Er schließt sie in seine Arme, voller düsterer Gedanken. Ihre Zärtlichkeiten zerreißen ihn. Ihr jugendlicher Charme, ihr entzückender Körper dringen wie Dolche in sein Herz.

Klytämnestra will Genaueres wissen. Natürlich, sie ist die Mutter. Den Bräutigam kenne sie nur dem Namen nach. Wo werde ihre Tochter in Zukunft leben? Sie sei besorgt, da ihr niemand etwas über den Ablauf der Feierlichkeiten gesagt habe; sie empört sich, als der König sie unversehens anweist, nach Argos zurückzukehren und ihn, gegen alle Gepflogenheiten, den verschiedenen Teilen des Hochzeitsritus allein vorstehen zu lassen, unter dem Vorwand, dass sie in Aulis inmitten der Soldaten nicht an ihrem Platz sei. Außer sich, in dieser Weise beiseitegeschoben zu werden, widersetzt sie sich entschieden der männlichen Autorität.

Während die Eheleute in den Abgründen der Zwietracht debattieren, wird Achill ungeduldig. Er hat einen schlechten Charakter. Später, vor den trojanischen Stadtmauern, wird er sich weigern, mit den Griechen zu kämpfen und ihnen beizustehen, wie er es versprochen hatte, nur weil er sich in seinem Stolz verletzt sah. Jetzt aber brennt in ihm und seinen Männern, den Myrmidonen, ein entsetzliches Begehren, er will nun endlich durchs Feuer gehen.[24]

Er kommt, um sich auf dem Laufenden zu halten, und trifft auf Klytämnestra, natürlich ohne auch nur das Geringste von der Rolle zu erahnen, die Agamemnon ihn hat spielen lassen. Sie begrüßt ihn zärtlich wie einen Sohn; er weicht zurück, erschrocken über ihre Aufwartungen. Als sie ihm von seiner bevorstehenden Vermählung spricht, explodiert er; nun ist es Klytämnestra, die verlegen wird; was sie erfährt und sie als Lügnerin dastehen lässt, bricht ihr das Herz. Der treue Diener, den Agamemnon in seiner frühmorgendlichen Kopflosigkeit über den Inhalt seines Briefes unterrichtet hatte, eröffnet ihr die Wahrheit: Keine Vermählung, sondern Opferung; kein Achill, sondern der Tod.

All das ist schlimm genug, um Klytämnestra und Achill einen Pakt schließen zu lassen. Der Krieger ist außer sich, nicht weil er über das schreckliche Schicksal, das Iphigenie ereilen soll, schockiert wäre, sondern weil er seinen Namen instrumentalisiert sieht, was einem Affront gegen seine Person gleichkommt; er werde sich mit all seiner Kraft, mit seinen Waffen und seinen Männern gegen den blutigen Brauch stellen. Er werde seinen in den Schmutz gezogenen Namen bis in den Tod verteidigen. Wenn Agamemnon ihn wenigstens offiziell gebeten hätte, seine Tochter zur Frau zu nehmen! Er verhehlt nicht, dass er in diesem Fall, würde das Gemeinwohl es erfordert haben, selbstverständlich den Griechen, zum Wohle Griechenlands, eine Frau ausgeliefert hätte, die wahrhaftig die seine gewesen wäre. Einstweilen zöge er es jedoch vor, wenn sich die Angelegenheit durch Worte anstatt durch Schwerter beilegen ließe. Er selbst sei aus einer prachtvollen Vereinigung hervorgegangen, jener der Thetis und des Peleus, die man dereinst ausgiebig gefeiert habe. In güldener Rüstung ziehe er aus, den Ruhm zu erlangen, den man ihm versprochen habe. Iphigenie werde dies nicht haben. Als Opfer bekränzt wie eine Kuh gehe sie in einen Tod, der ihr nicht versprochen war.

Nichts als Großspurigkeit und Berechnung! Klytämnestra ist verzweifelt. Eine Aussprache mit Agamemnon ist unvermeidlich. Sie findet zwischen den vier Familienmitgliedern statt. Iphigenie hält Orest im Arm; sie weiß jetzt, was sie erwartet. Sie weint. Agamemnon lügt zunächst: Nein, er habe seine Tochter wirklich für ihre Hochzeit kommen lassen. Doch die Mutter, die eine gefürchtete Rednerin ist, überführt ihn rasch. Klytämnestra versteht nicht, warum die Griechen ihre Tochter ausgewählt haben. Warum nicht Menelaos' Tochter? Warum kein Losentscheid? Und wie sei die Tatenlosigkeit des Königs der Könige zu erklären? Es sind wahre Fragen. Die Königin argumentiert und droht. Für den mörderischen Ehemann werde die Rückkehr zur Qual werden, sie prophezeit es ihm.

Iphigenie besitzt nicht diese Redekunst, sie hat nur ihre Tränen; sie will ihren Vater mit ihrem Körper rühren, den sie an seine Knie presst, durch die Erinnerung an ihre ersten Schreie, die auch die einer Erstgeborenen waren, und durch ihre kindlichen Zärtlichkeiten, durch die Zuneigungsversprechen einer Tochter, die ihm, wenn er alt sein wird, seine letzten Tage versüßen werde, durch die Erinnerung an ihre Küsse. Sie vermählt sich mit dem körperlichen Schmerz ihrer Mutter, welche die Trennung als eine zweite Niederkunft empfindet; und das Leiden des Babys, das sie im Arm hält – unsäglich, denn es kann noch gar nicht sprechen. Sie spricht im Namen des Körpers und des Lebens.

Der General ist unerbittlich. Die Furcht und die Rührung der frühesten Morgenstunden, ein wenig später dann die Zärtlichkeiten des Empfangs, all das ist vergessen. Die weiblichen Wallungen mögen bei ihm eine Verhärtung hervorgerufen haben: Das Orakel, das Iphigenie ausersehen hat und nicht Hermione, scheint ihm unumgänglich. Und auch er selbst ist für den Ruf nach Eroberung empfänglich: Er dringt vom Heer heran, das im Lager mit den Hufen scharrt, und Agamemnon identifiziert sich mit ihm, nach und nach erhebt er sich zum Anführer, er wird sich seiner Autorität bewusst, und sie schmeichelt ihm, er wappnet sich gegen jede Anfeindung; gegen seinen Bruder, gegen Achill, gegen Odysseus, der zusammen mit Kalchas zum engsten Rat gehört, alles weiß und die Griechen still und heimlich nach seiner Pfeife tanzen lässt; er wappnet sich sogar gegen seine Familie. Mit einem Wort: Der König geht in seinem Amte auf und führt nur noch das Gemeinwohl Griechenlands im Munde, während das niedergeschlagene Kind den Kindesmord verflucht.

Es kommt zu einer zweiten Begegnung zwischen Klytämnestra, in Begleitung von Iphigenie, und Achill. Es wird deutlich, dass er zu kneifen scheint. Der Beschützer tritt zurück, das Heer verlange nach ihm, es werde unruhig; er sei beinah von seinen eigenen Truppen gesteinigt worden. Er werde verdächtigt, die Frau dem Krieg vorzuziehen. Natürlich, er sei weiterhin entschlossen, diejenige zu verteidigen, die seine Frau sein sollte, sei es auch nur fiktiv, aber er hege nur wenig Hoffnung, sich gegen Tausende Männer zu behaupten, die sie holen kommen würden. Odysseus werde ihr Anführer sein (der Mann für die bürgerlichen Angelegenheiten habe sich freiwillig für diese Mission gemeldet). Achill beschwört das Schauspiel herauf, das er lieber nicht sehen würde:

Iphigenie würde man beim Schopfe packen und an den Haaren zur Opferstätte schleifen – sie, die so zarte, die von ihrer Mutter eine so vollkommene Erziehung erhalten habe, sie würde erröten, sich dem Mann zu zeigen, den eine Lüge mit ihr verband; Soldaten würden sie den Armen der sich an sie klammernden Mutter entreißen.

Das Bild zeitigt seine Wirkung. Iphigenie richtet sich auf. Sie wolle sterben, so denn der Edelmut ihrer Geste ihren Tod erhöhe. Es missfalle ihr nicht, sagt sie ihrer Mutter, der Stolz der durch Helena in den Schmutz gezogenen griechischen Frauen zu sein; nein, sie gehöre nicht nur ihrer Mutter, sondern auch den Tausenden von Männern, die in die Schlacht ziehen werden; sie teile die Begeisterung des Volkes. Die große Zahl, darauf kommt es ihr nun an, ganz anders als der Mutter, deren ernüchterte Reflexion »Die große Zahl, welch Unheil!« allerdings gerechtfertigt war. Ein Hauch von einem Krieger durchfährt sie, als ob dieser Mann, mit dem sie sich nicht vermählen sollte, ihn ihr eingegeben hätte. Sie preist die griechischen Werte der männlichen Exzellenz gegen die Minderwertigkeit der Barbaren. Sie vergisst, dass die Menge, in der sie jetzt aufgeht, die Frauen ausschließt. So möge denn lieber ein Mann als tausend Frauen das Licht der Welt erblicken! Dieser Mann ist Achill; sterbend vermählt sie sich mit ihm. In ihr lodert die gleiche Flamme. Die Bewunderung, die der junge Krieger ihr bezeugt, sein spätes und letztgültiges Bedauern, sie zu verlieren, besiegeln eine Hochzeit der Seelen jenseits des Todes.[25]

Iphigenie stirbt edelmütig, als Eroberin, wie sie es beschlossen hat. Allein, ohne ihre Mutter, deren Niedertracht sie anprangert, schreitet sie der Läuterungsprozession voran, sie besingt, anstatt zu weinen, Artemis zu Ehren den Krieg und den Sieg. Das Tageslicht verlassend erbittet sie sich ihre Metamorphose in einem anderen Leben; sie tröstet ihren wimmernden Vater, der sich das

Gesicht verhüllt hat, während Achill als Opferdiener am Altar steht und den Korb und die Kübel bereithält, in die das Blut fließen wird. Der Priester betastet ihre weiße Kehle, um die Stelle zu finden, an der das Messer sie treffen soll. Alle Augen sind zu Boden gerichtet, um das Schauspiel nicht mit ansehen zu müssen. Es ist totenstill, und als die Griechen beim Schrei des Priesters wieder aufblicken, sehen sie ein herrliches Reh, das geschächtet auf dem Boden liegt. Iphigenie ist verschwunden, sie ist zu den Göttern entrückt worden: Sie lebt. Von allen Griechen ist Klytämnestra die Einzige, die nicht daran glaubt und untröstlich bleibt. Der König glaubt daran, er will aufbrechen. Das Opfer ist angenommen. Der Kampfeslust der Krieger genehm kommen die günstigen Winde auf.

Die große Zahl, welch Unheil!

(Vers 1357)

IPHIGENIE IN TAURIEN

Zwanzig Jahre später

IPHIGENIE

Pelops, Sohn des Tantalos, nach Pisa gekommen
Auf schnellen Schiffen, nahm die Tochter
des Oenomaos zur Frau;
Diese gebar Atreus. Atreus hatte zwei Söhne,
Menelaos und Agamemnon; und ich, Iphigenie, kam zur Welt
Durch Agamemnon und die Tochter des Tyndareos …

(Vers 1–5)

Iphigenie ist nicht tot. Das Verbrechen wurde begangen, sein Vater ließ sie schächten, um von den Göttern günstige Winde für die Expedition nach Troja gewährt zu bekommen, und doch lebt sie noch. Durch ein die Sinne übersteigendes Wunder wurde sie durch Artemis vom Altar entrückt, durch ein Reh ersetzt und nach Thrakien gebracht, wo die Göttin einen Tempel hatte. Niemand wusste das.

Dort, am Ufer des Schwarzen Meeres, bei den Taurern aus Skythien, herrschte die Barbarei. Dieser Ort an der Grenze zwischen Europa und Asien, wo Io, die von Zeus geliebte Frau, in eine Färse verwandelt, von einer Dassel gejagt wurde, trug den Namen der Stiere und Ochsen, die dort in großer Zahl weideten: Er wurde der *Bosporus* (Ochsenfurt) genannt. Um dort anzulegen, musste man an den beiden Wanderklippen der Symplegaden vorbei, die mitunter so nah aneinanderrückten, dass sie man weiß nicht wie zusammenstießen. Ein König, Thoas, dessen Name an den Spitznamen des Achill gemahnte, »der Schnelle«, ein großer Meister im Wettrennen, aber von geringem Verstand, pflegte die blutrünstige Gewohnheit, alle Griechen, die dort strandeten, der Göttin Artemis zu opfern: eine blutrote Ernte an Schiffbrüchigen. Iphigenie, die Griechin, als Geschenk der Göttin davon verschont, hatte die traurige Aufgabe, als Henkersgehilfin zu dienen, und sie tat dies kaltblütig, denn nach dem, was ihr in Aulis widerfahren war, verachtete sie die Griechen. Doch aufgrund eines erstaunlichen Taktgefühls verlangte man von ihr nicht, sie eigenhändig zu schächten – dieser letzte Akt wurde im Tempelinneren im Verborgenen vollzogen, sondern nur ihre todgeweihten Körper mit dem Wasser der Läuterung zu benetzen. Dies gehört zur Opferhandlung, ihr Vater hatte es an ihr getan, sie wiederholte dies nun unaufhörlich an den ächzenden Opfern.

Iphigenie ist eine lebende Tote. So kommt sie sich selbst vor. In ihrem Gedächtnis sieht sie sich vor Agamemnon knien und weinen, oder im Zelt, bei den Vorbereitungen zu ihrer Begräbnishochzeit, begleitet vom Spiel der Flöten. Die Reise, die ihr Vater ihr in zwiespältigen Worten versprochen hatte, als er sich anschickte, ihr die Kehle durchzuschneiden, sollte Taurien zum Ziel haben, jene Todesstätte oder jene Stätte, die der Tod ist. Sie bewohnt ihn Tag und Nacht: am Tag mit den Gemarterten, die unaufhörlich aufeinanderfolgend sie umringen und ihr Blut auf den Altarstein vergießen; in der Nacht mit ihren Albträumen, erst kürzlich sah sie in einem von ihnen die blonden Haare ihres Bruders auf einer Säule des eingestürzten väterlichen Palastes wachsen, was für sie bedeutet, dass ihr Bruder tot ist. Thoas ist der Achill von jenseits des Grabes, der nun an ihrer Seite lebt.

An dieser Küste, übersät von menschlichen Überresten, zwischen lauter aufgespießten Griechenköpfen, legen Orest und sein Herzensfreund Pylades an. Orest hat seine Mutter und ihren Geliebten getötet, den Tod seines Vaters Agamemnon zu rächen, dessen Tod die Opferung Iphigeniens gerächt hatte. In Athen, auf dem Areopag, war über ihn Gericht gehalten worden: Mit knapper Not war ein Freispruch erwirkt worden, dank der Protektion durch die Göttin Athene, aber die Ungeheuer seiner Albträume, sie ließen dadurch keineswegs von ihm ab. Alle Rachefurien des Muttermordes, die tollwütigen Hunde, die mit der Nase auf dem Boden die Blutspuren verfolgen, haben ihre Wut nicht in Wohlgesonnenheit umgewandelt. Vielleicht würde seine Irrfahrt niemals enden: Er würde überall und nirgends wohnen, verstoßen und verfemt sein Leben lang, gejagt von den Wohlgesonnenen. Wer weiß? Das Orakel des Apollon hat ihn in eine neue Falle gelockt, indem es ihm auftrug, das Meer zu überqueren und sich ins Land der Wilden zu begeben, um dort die Artemis-Statue aus dem auf einem hohen Felsvorsprung kauernden Tempel der Göttin zu entwenden und sie auf seinem Schiff, das er in einer kleinen Bucht verstecken sollte, nach Griechenland zu überführen. Der Auftrag gleicht in der Tat einer unmöglichen Aufgabe. Jeder andere hätte sogleich allen Mut verloren.

Kaum an Land gegangen wird Orest von den Rinderhirten gefangen genommen, die zur Küste gekommen waren, um ihr Vieh im Meer des Bosporus zu baden. Zunächst haben diese einfachen Leute ihn und seinen Freund, so schön wie sie waren und so anders als die Thraker, für Götter gehalten. Doch kaum haben sie ihre erste Verblüffung überwunden, blasen sie auch schon zur Jagd auf die Fremden, um sie der Göttin zu opfern. Orest befällt ein entsetzlicher Wahn: Er sieht, wie eine Furie, die Klytämnestra in ihren Armen trägt, sich ihm an die Fersen heftet; eine andere schießt Pfeile auf ihn ab, die Schlangen sind; wie Hunde bellend haben die Ochsen seine Fährte aufgenommen. Er zückt sein Schwert und metzelt die Tiere nieder. Das Meer färbt sich rot von ihrem Blut. Allein würde er unterliegen, aber Pylades, der Freund, bewahrt ihn vor dem Tod, wischt ihm den Speichel ab, der auf seinen Lippen schäumt, führt ihn ins Leben zurück. Die beiden Freunde kämpfen wie Löwen. Der Name Pylades dröhnt wie Kriegsgeschrei. Erst nach einem heldenhaften und erschöpfenden Kampf gegen eine unzählige, vom Tumult alarmierte und aus den umliegenden Dörfern herbeigeeilte Meute werden sie überwältigt. Die Steinschleudern der Wilden bezwingen die Schwerter der Griechen.

Unter diesen unheilvollen Umständen begegnen sich der Bruder und die Schwester wieder, nach Jahren von Mord und Totschlag und Sühne, vor einem Opferaltar, auf dem Iphigenie Orest in den Tod schicken soll. Sie hat nur den Namen Pylades aufgeschnappt, den Orest aus vollem Halse den Dörflern entgegenschrie, die ihn später zu Iphigenie schleppen sollten. Dieser Name ist der Schlüssel zu einem vorerst noch unwahrscheinlichen Wiedererkennen. Als wahrer Held erwartet Orest das Ende, ohne seine Fassung zu verlieren. Sie, finsteren Gemüts und in Schwarz gekleidet, ist vom Traum geschwächt, der sie heimgesucht hat und sie in Unruhe versetzt. Sie will Genaueres erfahren. Aus welcher Stadt in Griechenland kommt dieser aus ihren Albträumen auftauchende und in den Tod gehende Schiffbrüchige zu ihr? Die Befragung des Verurteilten unterrichtet sie über das Los aller Akteure der Tragödie. Großmütig beklagt sie den Vater, beweint die Mutter, aber auch ihren Mörder, Orest; dann, heuchlerisch, zum Unwissen aller noch am Leben, beweint sie sich selber, die Geschächtete des Altars von Aulis. Orest, nicht weniger dreist, lässt sie einzig wissen, dass jener Bruder, nach dem sie forscht, noch lebe, niemand wisse wo, überall und nirgends. Iphigenie zeigt sich erfreut. Die Träume der Menschen sind trügerisch, aber nicht mehr als die Götter oder ihre Priester.

Zu diesem Zeitpunkt haben sich Iphigenie und Orest noch nicht wiedererkannt. Als Fremde sprechen Bruder und Schwester miteinander; sie sind lediglich erstaunt, die eine darüber, dass ihr Gegenüber so gut unterrichtet ist, der andere darüber, dass die Geschichte der Atriden der Priesterin so nahegeht. Sie, Iphigenie, spricht aus der Position der Stärke: Sein Leben liegt in ihrer Hand. Da kommt ihr die Idee, den Unbekannten zu benutzen, um mit den Ihren in Verbindung zu treten: Sie werde ihn verschonen, wenn er einen Brief von ihr nach Argos bringe; dann werde nur

Pylades hingerichtet. Orest lehnt diesen Handel ab; so werde er es denn sein, der sterben müsse. Die Priesterin kommt im Detail auf die zu erwartenden Qualen zu sprechen; in allen Einzelheiten beschreibt sie den Weg bis zum Scheiterhaufen, auf dem sein zerfetzter Körper am Fuß der Klippe, von der man ihn nach seiner Schächtung hinabstieße, verbrennen würde. Der Abschied, den Orest und Pylades voneinander nehmen, ist ergreifend. Die beiden Freunde streiten um den Tod, den man nur einem von ihnen gewähren will; sie mischen ihre Tränen. Iphigenie überreicht Pylades einen Brief; er verpflichtet sich durch die heiligsten Schwüre, ihn zuzustellen. Doch für alle Fälle – denn wer weiß? das Schiff könnte untergehen, die Tafeln in den Fluten verschwinden – liest sie ihm das Schreiben vor und vertraut es seinem Gedächtnis an, dem beständigsten aller Speicher. Ihr Vater Agamemnon hatte einst die gleichen Vorkehrungen getroffen, als er – eine anfängliche Entscheidung bereuend – durch einen Brief, den er einem getreuen Diener anvertraut hatte, zu verhindern versuchte, dass sie nach Aulis käme, um sich seinem Messer auszuliefern. Ihr Vorlesen wird sich als entscheidend erweisen: Es ist der erste Schritt eines doppelten – das heißt gegenseitigen – Wiedererkennens. Orest erfasst augenblicklich die Bedeutung der Botschaft. Iphigenie nennt in ihrem laut verlesenen Brief ihren Namen, sie erzählt ihr Leben. Er weiß also, wer sie ist, während sie noch nicht weiß, dass derjenige, dessen Tod sie in die Wege leitet, ihr Bruder ist. Vergebens ruft er aus, dass er dieser Bruder sei, er, so wie er vor ihr stehe, der so geliebte Bruder, und seine Versuche, sie zu umarmen, werden zunächst als Frevel aufgefasst. Ein Verhör muss seine Identität erweisen. Es mangelt nicht an Beweisen: genaueste Beschreibungen gewisser Gegenstände aus dem Königspalast von Argos, von denen nur der Bruder und die Schwester wissen. Sie umarmen und beglückwünschen sich. Pylades wird Iphigenie vorgestellt. In der seit ihrem Verschwinden verstrichenen Zeit sind – abgesehen von der Geburt dieses jungen Vetters – so viele entsetzliche Dinge geschehen! All diese Ereignisse – das Repertoire der griechischen Tragödie – werden von ein und demselben Elan des Gedächtnisses wieder vergegenwärtigt, bis zur Anweisung, die Orest nach Taurien lockte und ihn dem Tod entgegenführte. Iphigenie wird mit Schrecken bewusst, dass sie im Begriff stand, ebenden Menschen zu opfern, der ihr am liebsten ist.

Die gesamte griechische Erfindungsgabe ist nun darauf aus, Mittel und Wege zu ersinnen, die Statue mitsamt der Frau, das Bildnis und dessen menschliche Gestalt, zu entrücken und nach Griechenland zu bringen. Der geniale Einfall reift im Kopf der Frau: aus der Unreinheit des Orest die heilbringende Waffe zu machen: Er sei ein Unberührbarer, und Pylades, sein Begleiter, sei nicht weniger unrein als er. Die Statue, der sie sich genähert hätten, wäre es somit auch. Thoas, der bekanntlich ebenso grausame wie einfältige Herrscher, geht ihnen auf den Leim. Denken ist nicht seine Stärke. Als Iphigenie ihn aufsucht, um ihn über ein entsetzliches Verbrechen zu unterrichten, dass die beiden Griechen aus Argos verübt hätten, ist er derart empört, dass er alle Lügen schluckt: dass die entsetzte Statue sich abgewendet, ja dass sie die Augen geschlossen habe; man müsse sie reinigen, sie und die Opfer, und zudem noch dem griechischen Ritus entsprechend an einem abgelegenen Ort. Was die Identität der Gefangenen betrifft, beruhigt Iphigenie den König: Orest sei weit weg, Agamemnon gehe es gut, seine Geschäfte liefen prächtig. Im Übrigen seien sie ihr alle verhasst, da sie zu der Nation gehören, die ihren Tod wollte. Tatsächlich ist der abgelegene Ort jener, wo das griechische Schiff auf die Flüchtenden wartet, bereit, in See zu stechen. Iphigenie verlangt zudem, dass sich alle Bewohner der Stadt das Gesicht verhüllen, um zu verhindern, dass diese äußerst ansteckende Verunreinigung ihre Augen befalle. Vor allem aber: Thoas solle nicht auf sie warten. Sie könne die Stunde ihrer Rückkehr noch nicht festlegen.

Apollons Triumph ist nah. Er, der einst den weinfarbenen Drachen mit den lorbeergrünen Schuppen auf dem Rücken bezwang, heute kann er sich zeigen. So möge er endlich sagen, wen er schützt. Die Diener des Thoas haben die Griechen begleitet; sie hatten Weisung, die Gefangenen von ihren Ketten zu befreien und sich abseits der für Laien verbotenen Zeremonie zu halten. Als sie sich, ziemlich spät, nachzusehen entscheiden, ist das Schiff kurz davor, in See zu stechen, mit Iphigenie, Orest und Pylades an Bord. Thoas wird benachrichtigt. Endlich begreift er, dass er hinters Licht geführt worden ist. Die Strafe werde entsetzlich sein. Sie werden alle sterben, gefesselt von den Klippen gestürzt oder aufgespießt. Die Göttin, die Rehschlächterin, werde ihren Bedarf nach frischem Blut gestillt sehen.

Aber Athene ist auf der Hut. Sie erscheint im richtigen Augenblick, gebietet den Häschern Einhalt, erteilt einige Befehle. Ist das eine Fiktion, ein Kniff, um die Geschichte gut enden zu lassen? In diesem Fall wird man ein leichtes Unbehagen im Magen behalten und sich sagen: Womöglich ist das Unglück wirklich geschehen – man verbirgt es uns aus Rücksicht. Auch wenn nichts stockt und die Sonne, trotz allem, wie während der großen Katastrophen der Tragödie, weiter ihre Bahn am Himmel zieht, ohne die Richtung geändert zu haben und weder im Westen auf- noch im Osten unterzugehen. »Denn eine Lösung gibt es nur im Theater, aber niemals in der Wahrheit.«[26]

Das Schlimmste ist nicht immer gewiss.

(*Ino*, Euripides, fr. 3, trag.gr., t. VIII, 2ème partie)

MEDEA

Gender-Moral

DIE AMME

Wäre das Schiff Argo nicht über die blauen Symplegaden hinaus
Zu den Ufern von Kolchis geflogen,
sodass in den Tälern des Pelion
Die Kiefer nicht unter der Axt gefallen wäre,
die Hände der Helden
Mit Rudern zu bewaffnen …
(Vers 1–5)

Medea ist eine Prinzessin aus Kolchis, Tochter und Schwester eines Königs, Enkelin des Sonnenkönigs und Nichte der Zauberin Kirke. Sie ist groß, von Anfang an, eine starke, gelehrte und wilde, eine mächtige Frau. Sie besitzt die Unverfrorenheit und das Ungestüm einer Barbarin, gepaart mit der Intelligenz und der Beherrschung einer Königin, sie ist bewandert in der Wissenschaft der Gifte und Verwünschungen, in der Hexerei. Zudem ist sie wunderschön: eine Femme fatale. Sie treibt ihre Leidenschaften und Grausamkeiten bis zum Äußersten, ihre Liebe ist so fanatisch wie ihr Zorn. Sie hat nicht gezögert, sich von ihrer Familie loszusagen, von ihrem Vater Aietes, den sie liebte und trotzdem verriet, von ihrer Heimat, von der ganzen Welt. Aus Liebe zu einem Griechen, Jason, hat sie in Iolkos den unliebsamen König Pelias getötet, ihren eigenen Bruder ins Meer geworfen und zweifellos noch so manches andere entsetzliche Verbrechen begangen, wie sie jederzeit weitere begehen würde, wenn man sich ihr in den Weg stellte. Nichts kann sie in ihrem Begehren aufhalten. Das traurige Schicksal jener Frauen, die sich durch Hochzeit einen Mann, einen Herren, kaufen, ist ihr ein Graus. Sie kann mit dem Schwert oder dem Messer besser umgehen als ein Mann. Sie ist eine Superfrau, die ihresgleichen sucht. Wehe dem, der ihr Böses will![27]

Medea und Jason, Geliebte und Komplizen, befinden sich mit ihren beiden Kindern auf der Flucht. Sie haben in Korinth Zuflucht gesucht, nach ihrem Mord an Pelias. Ihr Leben als Fremde ist schwierig. Medea ist hitzig, sie ist wahrlich kein einfacher

Mensch. Das Exil erträgt sie schlecht. Für eine Frau ist es in dieser archaischen Welt schwieriger, sich anzupassen, als für einen Mann. Wenn er seiner Ehe überdrüssig wird, amüsiert er sich draußen, und er kann sich seiner Familie zuwenden oder, in einer Männergesellschaft, einem Kameraden gleichen Alters; sie aber ist an ihr Zuhause gebunden, sie hat diese Freiheiten nicht. Medea bekennt, dass ihr das Kinderkriegen eine Last ist. Der Krieg ist leichter zu ertragen.

Jason hat sich integriert. Er hat die Tochter des korinthischen Königs Kreon verführt und sich mit ihr vermählt, er hat Medea verraten. Er hat sich ein prunkvolles Leben und eine politische Zukunft gesichert. Er ist ein treuloser Frauenheld, ein Karrierist und – was in den Augen der Menschen und Götter das schlimmste Vergehen darstellt – ein Eidbrüchiger. Auch Aietes, Medeas Vater, war in Kolchis eidbrüchig geworden; er hatte das goldene Vlies, den Schatz, dessen Hüter er war, das Fell des geflügelten Widders, der einst zwei von ihrer Stiefmutter verfolgte griechische Kinder übers Meer trug, nicht demjenigen ausgehändigt, der erfolgreich die von ihm aufgetragenen Arbeiten bewältigte. Dies war Jason gelungen, der mit leeren Händen hätte fliehen müssen, wäre ihm Medea nicht zur Seite gesprungen. Und auch Pelias war eidbrüchig geworden, weil er Jason nicht wie versprochen belohnte, als dieser mit dem Objekt der Begierde zu ihm zurückgekehrt war. Er starb im siedenden Wasser des Bades, in das sich zu setzen Medea ihn bewogen hatte, unter dem Vorwand, es sei ein magisches Verjüngungsbad. Anschließend zerstückelte sie ihn wie ein Schlachttier – und wiederauferstehen ließ sie ihn nicht. Jetzt aber ist Medea unmittelbar betroffen, sie ist verlassen worden. Der geschickte Verführer ist an die Spitze der Stadt aufgestiegen und kümmert sich nicht mehr um die Frau, die sich ihm ganz hingegeben hatte. Es war alles andere als ein Kinderspiel gewesen, sich des goldenen Vlieses zu bemächtigen; ihr hatte er es zu verdanken, dass es gelungen war.

Was wird aus den Kindern, aus ihren beiden Söhnen, die noch klein sind? Medea erträgt sie nicht; mögen sie mit ihrem Vater verrecken! In der Umgebung der Verlassenen ruft diese mütterliche Verwünschung bares Entsetzen hervor, man sorgt sich um die Kinder, doch noch weiß man nicht, wen es wirklich treffen wird. Fürs Erste schwört Medea auf den Untergang des Königs, mitsamt seiner Tochter Glauke und Jason. Kreon weiß, dass Medea ihnen das Fell über die Ohren ziehen will, und befiehlt ihr, die Stadt auf der Stelle mit ihren beiden Söhnen zu verlassen. Was nur allzu verständlich ist. Denn sie ist gefährlich, er befürchtet das Schlimmste. Also verwandelt sie sich in eine ehrfürchtige Bittstellerin, täuscht mit bewundernswertem Geschick Sanftmut und Untergebenheit vor, sie fällt vor ihm auf die Knie, fleht ihn um einen Tag Aufschub an, nur einen Tag, damit sie wenigstens die Abreise ihrer armen, von ihrem Vater verstoßenen Kinder in die Wege leiten könne. Kreon lässt sich erweichen: Er empfindet Mitleid.

Natürlich hat Medea nicht wirklich die Waffen gestreckt: Kraft des Hasses, wie er misshandelten Frauen eigen ist, und dank ihres einzigartigen Wissens ist ihr klar, dass es vor Ablauf der Frist mindestens drei Tote geben wird: den König, dessen Tochter und Jason. Von ihren Kindern spricht sie nicht, sie achtet darauf, ihre Strategie nicht offenzulegen. Sie wird die Atempause, die ihr mit Rücksicht auf ihre Sprösslinge gegönnt wurde, zu nutzen wissen; sie werden das Werkzeug ihrer Rache sein. Medea steckt nicht auf, Mittel und Wege bleiben zu finden. Voller Anspannung schwört sie sich, bis zum Äußersten zu gehen, aber wie verhindern, zum Gespött ihrer Feinde zu werden, sollte sie nach ihrem bösen Streich gefangen genommen und bestraft werden?

Sie, die Frau, hat nur eines im Kopf: sich an Jason und an seiner neuen Familie, die ihr ihren Mann weggenommen hat, zu rächen. Er ist mehr Vater, als sie Mutter ist. Er will seine Kinder, ihretwegen hat er sich in Korinth vermählt, für ihre Zukunft. In seiner Männermoral denkt er sich, dass sie immer nur ihre Lust im Sinn hatte. Eros treibe sie um, Aphrodite habe sie an der Leine. Jason spricht mit Verachtung: Einem Geschlecht sei er keine Rechenschaft schuldig. Den Frauen stünden das Bett und die Wollust zu. Mütter seien zum Gebären da. Die Fortpflanzung sei Männersache; allein sie würden sich um ihre Nachkommenschaft sorgen. Leider können sie ihre Sprösslinge nicht selber austragen. Könnten sie doch nur ein Mittel finden, sich ohne Frauen fortzupflanzen! Jason ist zynisch. Jetzt, da er Geld, Macht und die Kinder hat, braucht er Medeas Dienste nicht mehr. Er muss nur noch seine Macht vergrößern, zum Wohl der Kinder, die er mit ihr hat, und zum Wohl derer, die er mit einer anderen haben wird. Sie hingegen, was soll sie denn mit Kindern anfangen?[28]

Genau das las die Enkelin des Sonnengottes im Herzen der Männer: Grobschlächtigkeit und Brutalität. Medea, aussortiert wie ein altes Kleidungsstück, hat andere Vorstellungen von der Moral: Für sie zählen Schwüre mehr als jede Hochzeit, zumal der in Kolchis geschlossene Pakt, mit Zeus, mit dem Sonnengott, mit Hekate als Zeugen. Geld interessiert sie nicht.

Nun trifft Besuch ein: Aigeus, der König von Athen kommt wie gerufen. Er war in Delphi gewesen, dem prophetischen Sanktuarium, wo er das Orakel befragte. Er ist auf dem Weg zu Pittheus, dem König von Troizen, der ein weiser Ausleger der Prophezeiungen ist. »Nicht den Pfropfen lösen, der am Schlauche baumelt«, hatte ihm der Gott in Delphi in seiner enigmatischen Sprache gesagt. Er verstand nicht, was ihm das sagen solle. Pittheus würde es ihm erläutern ... Auch Aigeus hat, wie Jason, eine väterliche

Ader und hegt den Wunsch der Nachkommenschaft; doch ihm gebricht es an Kindern, seine Ehe ist unfruchtbar. Die Athenerin, die keine Kinder bekommen kann, und die Frau aus Kolchis, die ihre Kinder verdammt, sie halten sich die Waage. Medea ist Zauberin; sie werde dafür sorgen, dass er Kinder bekomme! Sie besitze Zaubermittel dafür! Sie erzählt ihm von dem Verrat, was den König berührt; er verspricht der betrogenen Frau Asyl und Schutz; er schwört beim Sonnengott, bei der Erde und bei allen Göttern zusammen, diesem Versprechen treu zu sein. Medea zweifelt daran nicht. Aigeus ist kein Schurke, er gehört zur selben Welt wie sie, der Welt der Könige und Götter. Dieser Schwur, da ist sie sich sicher, wird befolgt werden.

Nun, da sie einen Zufluchtsort hat, bleibt ihr nur noch, einen ausgereiften Plan in die Tat umzusetzen. Aufgrund seines Mitleids hatte sie bei Kreon für ihre Kinder einen Aufschub erwirkt, der ihr ermöglichte zu warten, bis sich Hilfe von außen anbieten würde. Die Kinder werden ihr ein weiteres Mal von Nutzen sein, und diesmal wird der Streich tödlich ausfallen. Von Jason, der sich brüstet, genügend Macht über seine neue Frau zu besitzen, um diese dazu zu bewegen, seine Kinder ein für alle Mal aufzunehmen, wird Medea ihr vorgestellt; es wird an den Kindern sein, der frisch Vermählten das Kleid und die goldene Krone zu überreichen, die vergiftet sind und die Medea als Zeichen ihrer Dankbarkeit der neuen Mutter überreicht – gewiss wird sie dieses Geschenk annehmen. Die Prinzessin Glauke ist eine Frau. Medea hat ihre beiden Schwächen ausgemacht: ihren Gemahl und ihre Gefallsucht. Sie liebt Jason und wird sich seinem Begehr nicht widersetzen.

Glauke stirbt, ihr in das prachtvolle Kleid gehülltes Fleisch wird vom Gift zerfressen; unter der goldenen Krone geht ihr Haar in Flammen auf. Sie sinkt zu Boden – ein Haufen Knochen und triefenden Fleisches. Ihr entsetzter Vater stürzt herbei, umarmt sie und erliegt dem Gift. Als er sich erheben möchte, reißt es ihm die Haut und sein Fleisch in Fetzen: So fest klebt er am Leichnam der Tochter. Vater und Tochter sind im Tode vereint.

Der Tod der Kinder, der bislang wie eine ferne Drohung über allem schwebte – eine Tat, so entsetzlich, dass sie geradezu unwirklich anmutete – gehörte zu Medeas Plan: ein düsterer, stummer Grund, über den sie nicht sprach. Es hätte ihr nicht genügt, einen kurzen, einfachen Tod über Jason kommen zu lassen, für ihn musste es ein lange andauernder, ein vielfacher Tod sein. Ihm die Söhne zu rauben, das hieß, ihn zu töten; sein Tod war der Tod der Kinder, und er würde ihn bei lebendigem Leibe erleiden. Doch als sie zur Tat schreiten will, bricht Medea zusammen, bricht in Tränen aus, kann es nicht. Der Bericht über Glaukes Tod und den Tod des Königs flößt ihr neue Kraft ein. Sie sticht ihre beiden Kinder nieder, eines nach dem anderen, trotz der Tränen, die sowohl ihre beiden Söhne als auch sie vergießen. Ein Mann hätte dies nicht getan. Hier ist sie ganz Frau, so wie es dem Frauenbild des Mannes entspricht, so wie er sie will und wie er sie erschaffen hat: Sie hat Kinder in die Welt gesetzt; woanders wird sie weitere Kinder gebären; denn dazu ist die Frau ja da; doch sie geht weiter als die anderen Frauen, sie nimmt dem Mann, was sie ihm gegeben hat, sie tilgt und vernichtet die verhassten Lieben.

Als Jason zum Palast zurückkehrt, um die Verbrecherin zu bestrafen und seine Kinder zurückzubekommen, ist es zu spät; sie sind tot. Medea hat einen Wunderwagen bestiegen, wie er ihres Großvaters, des Sonnengotts würdig ist, eine von Drachen gezogene geflügelte Karosse. Sie fliegt nach Athen davon, mit den beiden kleinen Leichen.

Jason und Medea, der Eidbrüchige und die Kindsmörderin,

werden beide überleben. Die letzten Worte, die sie miteinander wechseln, bevor sie auseinandergehen, sind Flüche.

Das Fleisch hat niemals Gutes getan, man darf zufrieden sein,
wenn es kein Übel bereitet.

(Epikureische Maxime, in: Diogenes Laertios,
Leben und Lehre der Philosophen, X, 118)

OREST

Eine unmögliche Familie

ELEKTRA

Alles Entsetzliche, so wird zumindest behauptet,
Alles Leid und alles Unglück, das uns die Götter schicken,
Die menschliche Natur kann es ertragen.
Der Glückselige, Sohn des Zeus –
ich spucke nicht auf sein Unglück –
Sohn des Zeus, wie man behauptet, Tantalos ...
(Vers 1–5)

Ein Mann hat seine Mutter getötet. An den Händen des Orest, des Prinzen von Argos, klebt Klytämnestras Blut; das war die Frau, die ihn zur Welt gebracht hatte. Ein mächtiger Gott, Apollon, sein ständiger Beschützer, der Gott der Hellsicht und Weissagungen, Gebieter über das Sanktuarium von Delphi, hatte es ihm aufgetragen. Diese furchterregende Frau, mehr Geliebte als Gemahlin oder Mutter, verdiente den Tod, weil sie ihren Gemahl Agamemnon – aus Liebe zu einem anderen Mann, Ägisth – verraten und getötet hatte, als er aus dem Krieg heimkehrte. Indes hätte der Sohn dieses widernatürliche Verbrechen, die unmenschlichste und unverzeihlichste aller Schandtaten, zu der ihn kein Sterblicher würde angehalten haben, nicht einmal der ermordete König, niemals begangen, wenn er, der Unglückselige, nicht von allerhöchster Stelle die Anordnung dazu erhalten und auf den Schutz des Gottes vertraut hätte. Im Grunde ist dieser Mord nicht seine Tat; allein wäre der Bedauernswerte nicht dazu fähig gewesen.

Nach vollendeter Tat – seine Schwester Elektra und sein Freund Pylades waren seine Komplizen – zehrt die Reue über das ungeheure Vergehen an ihm und er leidet. Immer wieder steht ihm vor Augen, wie die durchbohrte Brust aus dem Stoff ihres goldenen Mieders hervorquillt, die mütterliche Brust. Drei Frauen, die Erinnyen, die Göttinnen des vergossenen Blutes, sind ihm erschienen, an dem Tag, an dem Klytämnestra bestattet wurde; sie haben blutunterlaufene Augen und Schlangenkörper; seither treiben sie in ihm ihr Unwesen, er hat darüber alle Lust am Leben eingebüßt; sein Bett zu verlassen, das schafft er schon lange nicht mehr, auch das Essen ist ihm eine Last, bald überkommen ihn fürchterliche Wutanfälle, bald bricht er in Tränen aus, um dann wieder wie tot in seinem eigenen Schmutz dahinzusiechen. Seine Schwester, die stärker ist als er, umsorgt ihn. Manchmal verwechselt er sie mit einer der Erinnyen und jagt sie aus seiner Kammer. Zu ihren Qualen kommt noch hinzu, dass sie in der Stadt geächtet wurden, ein religiöses Verbot hat sie isoliert – eine Exkommunikation: Es ist verboten, das Wort an sie zu richten, ja sogar sich ihnen zu nähern. Die über sie Gericht haltenden Bürger haben über ihre Strafe noch nicht entschieden: Exil? Steinigung? Schächtung? Freispruch?

Die Familie ist gelinde gesagt nicht gerade hilfsbereit. Menelaos, Agamemnons Bruder, und seine Frau, die schöne Helena, sind in Argos, zusammen mit ihrer Tochter Hermione. Für sie ist die Zerreißprobe des Krieges und der Trennung vorbei. Die schrecklichen Vorkommnisse, die sich in der Stadt zugetragen haben, kümmern sie nicht. Ihre Trauer ist nicht tief. Hätte Elektra es ihr nicht angetragen, wäre Helena niemals auf den Gedanken gekommen, die üblichen Opfergaben zu Klytämnestras Grab zu tragen. Sie schickt ihre Tochter los, um sich selbst die Scham zu ersparen, sich auf den Straßen der Stadt zu zeigen. Wie sehr sie um ihre Schönheit besorgt ist, wie sehr sie zögert, eine Locke ihrer goldenen Haarpracht der toten Schwester zu opfern! Da zeigt sich deutlich, wie gleichgültig sie ihr ist. Wer weiß? Menelaos könnte zum Thronfolger seines Bruders werden. Da Orest verstoßen ist, steht dem nichts mehr im Wege. Jedenfalls ist es nicht in Menelaos' Interesse, unglückselige Verwandte zu unterstützen. Das bringt nur Unglück, das könnte ihrer Stellung schaden. Dabei ist Helena doch der Anlass zu allem gewesen: Wäre sie nicht gewesen, hätte Paris sie nicht geraubt, Griechenland wäre nicht in den

Krieg gezogen, um sie zurückzuholen, Agamemnon wäre nicht nach Troja gefahren, Klytämnestra hätte ihn nicht getötet ...

Der vorsichtige Menelaos zieht sich zurück, als er erfährt, dass sein Neffe keine Freunde in der Stadt hat. In der Versammlung, wo es darum gegangen wäre, für ihn zu sprechen, erscheint er nicht einmal. Man kann das Volk zu nichts zwingen, nicht wahr? Als Tyndareos, der zarte Großvater aus der Kindheit, der Orest im Arm trug und ihn mit seinen Küssen bedeckte, ihn nach dem Mord zu Gesicht bekommt, tausend Tode leidend und weit davon entfernt, ihn zu beklagen, hält er ihn für eine Schlange mit funkelnden Augen. Er begrüßt es, dass es mittlerweile Sache des Gesetzes ist, die Vergehen zu bestrafen, die einst durch die Familie selbst gerächt wurden. Das öffentliche Verfahren erlaube es, aus dem verfluchten Gewaltzusammenhang auszubrechen, in dem ein Mord den nächsten nach sich ziehe. Orest habe den unverzeihlichen Fehltritt begangen, sich selbst zu rächen. Der unerbittliche Greis sähe ihn am liebsten gesteinigt; vor der Menge werde so sein Plädoyer lauten. Zum Wohle der Stadt, nicht zum Wohle Klytämnestras, denn er verkündet stolz, dass wenn er die Glückseligkeit gekannt habe, so nicht dank seiner Töchter. Seine Philosophie lautet kurz und bündig: Dass die eigenen Kinder einen beglücken, kommt äußerst selten vor. Menelaos und Tyndareos bereiten hinter den Kulissen ihr Einknicken vor. Sie leben, doch Orest und Elektra stehen bereits mit einem Fuß im Grab. Nur Pylades, der Immertreue, lässt die beiden Verstoßenen nicht im Stich. Er ist ein Freund, nicht nur ein Anverwandter.

Orest wird zum Tode verurteilt. Seine Verteidigung, die sich auf das Vorrecht der Männer berief, den Vorrang des ermordeten Königs vor der ermordeten Königin, erwirkt nur eine Strafminderung: Es wird ihm gewährt, sich selbst zu töten, und Elektra mit ihm.

Sie fühlen sich so wenig verantwortlich! Zunächst war es ein entsetzliches Erbe, wie ein Muttermal, dass die Mitglieder der Familie ins Blutvergießen trieb. Seit Generationen tragen sie von Geburt an das Verbrechen in sich. Der Tod zog den Tod nach sich. Ein König, ihr Vater, war der Axt seiner Frau und ihres Liebhabers zum Opfer gefallen. Galt es da nicht, das Gedenken an ihn, das Familienoberhaupt, zu wahren und die Hure niederzumetzeln? Die Stimme des Orakels hatte sie dazu aufgefordert. Verlassen, unverstanden flüchten sich die Unglückseligen in die Geschwisterliebe, die ihnen fast zum Ersatz wird für Hochzeitslager und Kinder.

Mit diesem Einschnitt, den das Urteil des Volkes gegen die Nachkommen der einstigen Herrscher darstellt, fangen die Ereignisse an, sich zu überschlagen. Der Freund Pylades schmiedet einen kühnen Plan. Es gelte, sich in den Palast zu schmuggeln und Helena zu töten, die Frau eines bösen Königs; sie habe sich dort eingerichtet, alles in Beschlag genommen, sie breite sich dort mit ihren phrygischen Dienern in einem unverfrorenen orientalischen Luxus aus, der nichts Griechisches mehr an sich habe. Sie sei an allem schuld, sie, die große Griechenmeuchlerin, die Feindin. Troja lebe in ihr fort. Der Ruhm dieses gerechten Kampfes werde die Geschwister von aller Schande reinwaschen, und sollte er mit dem Tode enden, so würde Orest wenigstens ruhmreich sterben. Es werde sein persönlicher trojanischer Krieg sein. Und Elektra, die Frau mit dem Männerherzen, sei keine gewöhnliche Frau, sei nicht wie die anderen Frauen. Pylades kommt eine zusätzliche List in den Kopf: Hermione als Geisel zu nehmen; die Prinzessin habe sich zu Klytämnestras Grab begeben, wie Elektra dies Helena angetragen habe. Die beiden Freunde würden sie, sobald sie vom Grabe zurückgekommen sei, in ihre Gewalt bringen und als menschliches Schutzschild nutzen, wenn sich Menelaos beim Anblick seiner in ihrem eigenen Blut badenden Frau auf sie stürzen werde.

Nachdem die drei Mitglieder des Kommandos die Fürbitten wiederholt haben, die sie einst, vor der Ermordung des Ägisth, an den ermordeten Vater gerichtet hatten, um dessen Beistand zu erflehen, betreten die Männer, Orest und Pylades, den Palast; Elektra steht Wache, vor der Eingangstür lauschend. Sie hört, wie Helena schreit und Menelaos um Hilfe ruft. Vor dem gezückten Messer ihres Sohnes schrie Klytämnestra einst genauso nach Ägisth. Ihre Tochter hegt für Helena nicht mehr Mitleid, als sie damals für ihre Mutter empfand, da diese schrie, man wolle sie abstechen, und verzweifelt um Hilfe rief. Auch Hermione hört die Schreie. Sie eilt herbei, sie will wissen, was da los ist. Elektra bindet ihr einen Bären auf: Orest und Pylades seien gekommen, um vor Helena auf die Knie zu fallen, sie anzuflehen, sie möge für sie Fürsprache einlegen; es sei ihre Klage, die man höre. Die Einfältige glaubt alles, was man ihr sagt, und sie betritt den Palast, sich in den Rachen des Wolfes stürzend.

Tatsächlich hatten sich Orest und Pylades vor Helena auf die Knie geworfen, aber nur um sie, die beim Flachsspinnen war, während ihre phrygischen Diener ihr mit Fächern Luft zufächelten, besser zu täuschen. Orest lockt sie ins Foyer des Hauses, während Pylades die Phryger in ihre Gemächer sperrt. Helena kreischt. Orest greift sie und wirft sie sich über die Schulter. Die Schönheitskönigin ist kurz davor, durch seinen Schwerthieb zu sterben, als plötzlich die Eunuchen, Türen und Schlösser aufbrechend, wieder hervorkommen. Orest und Pylades lassen Helena los und stellen sich ihnen; zwei gegen die gesamte Meute metzeln sie sie alle nieder, wie wahre griechische Helden in einem Miniaturtroja. Dann stürzen sie sich auf die hereinkommende Hermione. Helena aber ist im Tumult entwischt, entweder durch einen jener Zauberkniffe, die sie so gut beherrscht, oder von den Göttern entrückt. Mit ihrem Verschwinden zerplatzt einer Seifenblase gleich der trojanische Krieg selber, die gesamte ungeheuerliche Maschinerie, die zu Helenas Rückeroberung ersonnen worden war.

Nun trifft Melenaos ein; man weiß weder wer ihn herbeigerufen hat noch auf welchem Weg. Er glaubt, Helena sei tot. Er ist gekommen, um ihren Leichnam zu holen und Hermione ihren Entführern zu entreißen. Ein verblüffendes Spektakel beginnt: Im Fackellicht sind die Umrisse der beiden Geiselnehmer auf dem Dach zu erkennen, Orest hält Hermione fest und hat sein blankes Schwert gegen sie gezückt, sie drohen Menelaos, ihn mit Mauersteinen zu erschlagen. Hermione werde sterben, der Palast von Argos werde niedergebrannt, sie geschächtet und ins Flammenmeer geworfen, das ganze Geschlecht und seine alteingesessene Macht verschwänden mit ihr, wenn Menelaos Orest nicht helfe, wieder an die Macht zu kommen. Es handelt sich um einen Staatsstreich, um einen Putsch.

Ist Menelaos kurz davor, aufzugeben, als Elektra aufgefordert wird, nach der glimmenden Fackel zu greifen, die den Brand legen soll? Man wird es nie erfahren. Immerhin ruft er noch um Hilfe. Und alles hätte übel enden können, wenn nicht Apollon persönlich eingeschritten wäre, um diesem fantastischen Treiben ein Ende zu bereiten.

Helena lebt. Apollon hat sie aus dem Palast verschwinden lassen. Sie wird niemals sterben. Gegenwärtig befindet sie sich im Himmel, in den Falten des Äthers. Ihre unvergängliche Schönheit diente den Göttern dazu, den Krieg heraufzubeschwören und die Erde von Tausenden von Menschen zu reinigen. Orest wird in Athen geläutert werden, befreit von den Eumeniden. Er wird sich mit der Frau vermählen, an deren Hals eben noch die Klinge seines Schwertes rührte: Hermione; sie wird eine Hochzeit bekommen, keine Schächtung. Neoptolemos, Achills Sohn, der sie will, wird sie nicht kriegen, er wird von den Delphen im Sanktuarium erschlagen, in das er sich begeben hatte, um von Apollon Beistand zu erflehen. Pylades wird Elektra erhalten. Die Dreierbande wird nicht aufgelöst werden. Menelaos wird in Sparta regieren, Orest in Argos. Das Erbe wird geteilt werden. So verfügt es Apollon.

Selig, wer von seinen Kindern beglückt wird
und durch sie nicht fürchterliches Leid auf sich zieht.
(Vers 543–545)

DIE PHÖNIZIERINNEN

Die Ballade von den Phönizierinnen

JOKASTE

O Du, der Du Deine Bahn ziehst
zwischen den Gestirnen des Himmelszeltes,
Auf einem goldenen Wagen,
Sonnengott, der du auf deinem geschwinden Ritt die Flamme
emporschlagen lässt,
Wie verhängnisvoll war er doch für Theben,
an jenem Tage damals,
Der Strahl, den du schleudertest ...
(Vers 1–5)

Theben, mitten im Norden Griechenlands gelegen, erstreckt sich am Fuß eines heiligen Berges, des Kithairon, gastfreundlich und wild in eins, Zuflucht der Nymphen und Bacchantinnen und Öffnung zum Unbekannten. Es war der Sitz eines Adelsgeschlechts, der Labdakiden, so benannt nach einem ihrer Könige, Labdakos. Bemerkenswerte Fügung: Die Stadt trägt denselben Namen wie das ägyptische Theben, wo lange vor der Gründung der griechischen Stadt pharaonische Dynastien herrschten. Die Geschichte ihrer Ursprünge ist einzigartig. Diese berühmte Stadt, besungen, wie Argos oder Mykene, in den Heldensagen, die Griechenlands Identität begründeten, geht auf einen Phönizier zurück, Kadmos, den Bruder von Europa (die von Zeus, der sie liebte, in eine Kuh verwandelt worden war) und von Phoinix (der seinen Namen der phönizischen Nation verlieh, ein Name von scharlachrotem Glanz, königlich purpurn und blutrot). Kadmos war aus Tyros in Phönizien oder aus dessen nordafrikanischer Kolonie Karthago gekommen. Als er sich aufmachte, der Spur Europas zu folgen, um diese zu befreien, hatte er sich nach einem Orakel gerichtet und gelangte so an jene Stätte, an der sich die Stadt erheben würde, die er errichten sollte: Es würde der Ort sein, an dem er eine Kuh im Gras liegen sähe. Das Land würde danach Böotien heißen, nach den Rindern und ihren Weiden, und somit in seinem Namen immer das Gedenken an das Totemtier bewahren.

Ein Drachenungeheuer mit scharlachrotem Kamm wachte über die Quelle, die dort aus der Erde trat. Dieses Ungeheuer war, so hieß es, der Sohn des Gottes Ares, dem Gott der Gewalt und des Krieges. Kadmos tötete es, ohne zu ahnen, was für beträchtliche Folgen diese anfängliche Tat nach sich ziehen würde. Auf Rat der Athene, der wohlgesonnenen Amme der vaterlosen Geburten, pflanzte er die Zähne des Reptils in die Erde. Sofort sprossen bis an die Zähne bewaffnete Männer mit goldenen Helmen aus dem Boden, eine furchteinflößende Ernte, Albtraum, der einen zu Stein erstarren lässt. Sie hatten sich erhoben wie Samen eines Weizens der Verhängnis. Man nannte sie die *Sparten* (das bedeutet »die Gesäten«). Ihre Existenz war von kurzer Dauer, denn sie warf einen Schatten auf die des Ares. Die Krieger metzelten sich gegenseitig nieder und trieben so den Grundsatz der Gewalt, der sie belebte, auf die Spitze. Was blieb dieser auf einen so kleinen Raum beschränkten Armee anderes übrig? Thebens Erde ward gesättigt von ihrem Blut. Nur fünf Männer überlebten. Einer von ihnen sollte später mit seinen Nachkommen dem Ares zur Wiedergutmachung anheimfallen: Echion, der sich mit Agaue vermählte, der Mutter des Pentheus, der von den wahnsinnigen Frauen auf dem Kithairon in Stücke gerissen wurde. Zu Echions Stammlinie zählten auch Jokaste, die Königin und Mutter des Ödipus, und ihr Bruder Kreon. Ödipus gehörte also auch zum Geschlecht des Kadmos und der Labdakiden. So stammten die Thebaner, oder zumindest ihre Könige, entweder von Zeus oder von Mutter Erde ab.

Jokaste haftete von Geburt an der Makel eines anfänglichen Mordes an: der Mord am Drachen. Sie wurde mit Laios vermählt, König der Thebaner und Sohn der Labdakiden. Da ihre Verbindung fruchtlos blieb, begab sich Laios nach Delphi, das Orakel zu befragen. Die Antwort war kategorisch: Würde er ein Kind erzeugen, stürbe er durch dessen Hand, und »das gesamte Geschlecht würde in seinem eigenen Blut ertrinken«. Im Bewusstsein dieser

Gefahr kehrte er nach Hause zurück, doch eines Tages, er hatte ein wenig zu viel getrunken, überließ er sich seiner Lust und zeugte seiner Frau ein Kind. Der bis zur Reise nach Delphi unfruchtbare Schoß war es nun nicht mehr. Der Ungehorsam säte das Unheil.

Ein Sohn kam zur Welt, der Sohn, der nicht hätte geboren werden dürfen, das Orakel hatte es gesagt. Er wurde Ödipus gerufen, was »Schwellfuß« bedeutet, denn ein unveränderliches Erkennungszeichen war ihm geblieben: Die Mutter hatte dem Säugling die Füße durchstechen, zusammenbinden und ihn auf dem Kithairon aussetzen lassen. Dort wurde er zufällig von Hirten gefunden, die sich seiner erbarmten und ihn zu ihrem Herren nach Korinth brachten. Die dortige Herrscherin legte sich das Kind an die Brust, nicht aus Güte, wie man hatte denken können, sondern weil sie selbst unfruchtbar war und ihren Gemahl Polybos glauben zu lassen gedachte, das Findelkind stamme von ihm. So wuchs Ödipus im Hause des Polybos auf.

Im Laufe der Zeit begann er allmählich zu verstehen, dass er ein Fremder in diesem Haus war. Vielleicht erfuhr er es durch eine Indiskretion. Vielleicht empfand er aber sein Dasein auch eher als eine Last denn als das Schicksal eines herrschaftlichen Nachkommen. Das enigmatische und untrügliche Orakel in Delphi würde ihm die Wahrheit offenbaren oder ihm zumindest die Mittel zeigen, sie aufzudecken. Auf dem Weg zwang ihn ein vorüberrauschender Wagen, sich in die Böschung zu retten. Es handelte sich um Laios' Wagen, der auch auf dem Weg nach Delphi war, um sich besorgt zu erkundigen, was wohl aus dem Sohn geworden war, den er einst den wilden Tieren ausgesetzt hatte. Der von den Pferdehufen aufgewirbelte Staub färbte purpurn seine Fersen. Der Sohn erschlug den Vater, ohne es zu wissen. Die Arroganz des königlichen Kutschers hatte ihn erzürnt. Weder der eine noch der andere vernahm die Wahrheit aus dem Munde der Pythie. Ödipus nahm das Gespann mit zu seinem Stiefvater Polybos und schenkte es ihm.

Jokaste, die nun Witwe war, wurde demjenigen versprochen, der Theben von der Sphinx befreien würde. Diese finstere Kreatur, Jungfrau, Greif und Schlange in eins, von Ares angestachelt, wie es hieß, raubte im ganzen Land junge Männer, stellte ihnen in Versen und Musik ein Rätsel und trug sie, da sie es nicht lösten, in die Lüfte davon und verschlang sie. Noch nie hatte es jemand vermocht, ihrem Rätsel auf die Schliche zu kommen. Ödipus gelang dies. Er vermählte sich mit Jokaste, die somit zur Frau eines Mannes wurde, dessen Mutter sie war – und zur Mutter der Kinder, die sie mit ihm zeugte. Sie war ganz Mutter, mehr Mutter zumindest als Gemahlin. Ihres Neffen Menoikeus, des Sohnes ihres Bruders Kreon, der noch ganz klein seine Mutter verlor, nahm sie sich an und zog ihn an ihrem Busen groß. Als aber die Wahrheit über ihre Vermählung ans Licht kam, als Ödipus begriff, dass sie seine Mutter war, stach er sich mit den goldenen Nadeln ihres Kleides die Augen aus – diese Nadeln ähnelten den Spießen, mit denen er einst, als er noch in den Windeln lag, verstümmelt worden und so zu seinem Schwellfuß gekommen war.

Der Blinde alterte in Thebens Palast vor sich hin und Jokaste mit ihm. Ihren beiden Söhnen, Eteokles und Polyneikes, die inzwischen zu Männern herangereift waren, schien es geraten, Ödipus hinter Schloss und Riegel zu halten, um sich die Unannehmlichkeiten zu ersparen, die mit seinem Zustand und seinen Schreien einhergingen. Und er, der gedemütigte Held, er verfluchte sie, er wünschte ihnen, ewig im Zwist zu liegen und seine Nachfolge mit dem Schwert aufteilen zu müssen. Diese Verwünschungen konnte er nicht mehr widerrufen: Tag und Nacht weinte er darüber, sie ausgestoßen zu haben, in seiner Reue und in seinen

Tränen die Söhne einmal mehr verdammend, waren sie es doch gewesen, die ihn dazu gebracht hatten, sie zu verfluchen.

Und tatsächlich verstanden sich die Söhne nicht. Sie handelten keineswegs in der Absicht, den Fluch Lügen zu strafen, als sie einen Pakt beschlossen, der vorsah, die Herrschaft abwechselnd in einjährigem Turnus auszuüben und die Zeit des Nichtregierens im Exil zu verbringen. Polyneikes ging als Erster in die Fremde und vermählte sich mit der Tochter des Königs von Argos, wodurch er die Stammlinie des Laios, des Sohns der Labdakiden, unterbrach und verriet: Angesichts einer solchen Schmach gräme sich der Greis, so hieß es, in der Finsternis der Unterwelt. Als nun aber Polyneikes an der Reihe war, die Regentschaft zu übernehmen, weigerte sich Eteokles, ihm das Zepter zu überreichen.

Polyneikes hatte das Recht auf seiner Seite; er erklärte seinem Vaterland den Krieg und versammelte ein riesiges Heer um sich. Sieben Anführer und ihre Truppen belagerten die sieben Tore von Theben. Oben auf den Festungsmauern stand die junge Antigone, gerade erst im heiratsfähigen Alter, und sah ihren Bruder in seiner weitschimmernden goldenen Rüstung. Auch die Königin Jokaste verspürte das Begehren, den wiederzusehen, der sich ins Exil begeben hatte. Verzweifelt versuchte sie, die todbringende Schlacht noch abzuwenden; auch sie kämpfte gegen das Schicksal oder die Geschichte. Eine Waffenruhe wurde auf ihr Bitten beschlossen, um vielleicht doch noch in einem letzten Verhandlungsbemühen zu einer Lösung zu finden.

Doch die Begegnung zwischen den beiden Brüdern, innerhalb der Stadtmauern und in Gegenwart der Mutter, verlief schlecht. Der eine forderte seinen Anteil und den Erlös seiner Güter, er beharrte auf dem Vertrag; der andere auf dem Naturgesetz: die Macht könne sich nicht selbst entblößen und ihre Besitzungen im Stich lassen – denn wo sie dies tue, höre sie auf,

Macht zu sein. Er sagte, der Bruder habe ihm keine Wahl gelassen und zur Kraftprobe gezwungen, da er lieber Waffen als Worte sprechen lasse. Jokaste ist machtlos. Es wird zum Krieg kommen. Aber Kreon, ihr Bruder, der seit Ödipus' Niedergang gleichsam als Schattenkönig wirkt, ist beunruhigt. Die Kräfteverhältnisse sprechen nicht für Theben. Die beiden Männer, Kreon und Eteokles beraten sich. Den sieben feindlichen Helden vor den sieben Toren der Stadt werden sieben thebanische Generäle gegenüberstehen. Doch Eteokles will seine Rolle, die ihm durch seine königliche Abstammung und durch den Hass zusteht, an niemanden abtreten: Er werde als Erster zum Angriff blasen, noch bevor das Heer überhaupt seine Stellungen bezogen habe. Sein Bruder sei es, auf den er es abgesehen habe: Keiner außer ihm dürfe ihn töten. Bevor er in die Schlacht zieht, teilt er Kreon seinen letzten Willen mit: Antigone solle eine Mitgift gewährt und mit Haimon vermählt werden, Kreons Sohn; Jokaste solle die ihr geziemende Achtung erfahren. Was Ödipus anbelangt, so kümmert sein Schicksal den Sohn nicht mehr: Er ist verrückt, doch womöglich sind seine Flüche darum nicht weniger wirkungsmächtig. Eteokles schaut dem Tod ins Angesicht. Es ist sein Testament, das er seiner Familie hinterlässt.

In dieser ernsten Stunde wird nach dem Priester Teiresias gerufen: Er verkündet den Willen der Götter: Es müsse ein Opfer dargebracht werden. Das Wort kommt Priestern geschwind über die Lippen. Der Kultvorsteher kommt aus Athen zurück: Er habe dort für den Sieg der Stadt gesorgt – durch Opferung einer Tochter des Königs. Hier nun müsse es ein Königssohn zum Opfer für den Kriegsgott sein – und zwar genauer ein Nachkomme der Überlebenden des Gemetzels der Sparten, ein Nachkomme jener, die Ares herausgefordert hatten, als sie damals aus den Zähnen des von Kadmos erschlagenen Drachen zur Welt kamen. Nach

Ansicht des Teiresias war dies der ursprüngliche Makel, der an Theben haftete. Zum Opfer sei Menoikeus erkoren, Kreons Sohn: Er gehöre in der Tat zum Geschlecht eines Sparten, des Echion. Um den Preis seines Todes werde die Stadt gerettet. Und zwar nur die Stadt. Denn was die Söhne des Ödipus betreffe, so hätte man sie, die der Stadt nur Unheil brächten, seiner Ansicht nach schon längst davonjagen sollen.

Kreon widersetzt sich; er nimmt die schmerzliche Ehre nicht an, die Könige oft den Anweisungen der Priester verdanken. Er befiehlt Menoikeus, in die Fremde zu fliehen; er werde ihm alles Gold geben, das er brauche, um im Exil zu leben. Er, Kreon, er werde sich niemals dazu entschließen, ein Henkervater zu sein. Doch der entflammte Jüngling fliegt schon dem Ruhm entgegen, der sich ihm eröffnet. Er steigt auf die Zinnen der Festung und sticht sich selber nieder, den Ruf des Vaterlandretters erwerbend. Es wurde berichtet, die Sphinx, der Schrecken der jungen Männer, habe ihn in ihren Schwingen fortgetragen.

Theben, die belagerte Stadt, trägt den Sieg davon. Dank des Opfers von Menoikeus? Kann es sein, dass er allein die unheilvolle Hochzeit des Ödipus büßt? Jokaste befürchtet, dass es sich anders verhält. Sie befürchtet das Schlimmste für ihre Söhne. Ein Bote trifft ein, um sie über den Verlauf der Schlacht zu unterrichten. Ist der Krieg vorbei? Polyneikes und sein Bruder leben! Das Unheil ist aufgeschoben. Der Sieg ist schön. Aber für Jokaste zählt einzig das Leben ihrer Kinder.

Unter Drohungen bringt sie den Boten dazu, auch zu berichten, was noch aussteht: das seit jeher ausstehende Ende im Streit der Sparten. Die beiden Brüder, Nachkommen des Echion, würden gegeneinander kämpfen. Die Heere der Argier und der Thebaner, sie dürften nach Hause, aber der Kampf der Anführer sei noch nicht vorbei: Die beiden Brüder würden sich auf das

Duell vorbereiten, das Jokaste mit allen Kräften abzuwenden suchte. Eteokles habe die Regel festgelegt: Besiegt – das heißt tot – werde er Theben Polyneikes lassen, aber Polyneikes allein. Siegreich – das heißt Polyneikes tot – werde ihm alles zukommen, sein Anteil wie auch der Anteil seines Bruders. In beiden Fällen werde den Argiern nichts von der Stadt in die Hände fallen. Die beiden Heerführer werden gegeneinander kämpfen, umringt von ihren frenetischen Anhängern.

Noch kann es sein, dass einer überlebt, trotz der Weissagungen. Man kämpft nicht, wenn der Ausgang des Kampfes gewiss ist. Doch trotz Jokastes und Antigones Flehen – die beiden Frauen werfen sich zwischen die Kampfhähne – sterben Eteokles und Polyneikes, jeder durch die Hiebe des anderen, wie es geschrieben stand, wie vorhergesehen. Jokaste tötet sich über ihren Leichnamen. Es hieß, die Sphinx hätte abermals ihr Unwesen getrieben.

Drei Leichen sind nach Theben gebracht worden. Antigone steht der Trauer vor, mit nackten Brüsten, eine Bacchantin des Todes. Ödipus, der verdammte König, tritt endlich aus dem Palast hervor. Kreon, der Alleinherrscher nach dem Tode der beiden Söhne, verfügt seine Ausweisung: Er habe zu viel Unheil angerichtet. Der neue König befiehlt zudem, den Leichnam des Polyneikes, des Angreifers, aus der Stadt zu schaffen, und verbietet es, ihn zu begraben. Antigone nimmt weder den einen noch den anderen Befehl hin. Wenn die Gewalt sie dazu zwingt, der Fürsorge zu entsagen, die sie den Toten schuldet, so wird sie sich wenigstens Kreon entziehen, indem sie Ödipus ins Exil begleitet. Sie lässt Kreon den Preis für seinen Beschluss zahlen, indem sie Haimon entsagt (und der Mitgift, die sie bekommen hätte). Zusammen und vereint verlassen Vater und Tochter die Stadt Theben und machen sich auf den Weg nach Kolonos, auf dem Gebiet Athens.[29]

Möge alles sich zunichtemachen im Tod!
(Euripides, *Die Herakleiden*, Vers 593)

RHESOS[30]

Das Losungswort

DER CHOR

So marschiere denn einer von euch zu Hektors Schlafgemach!
Einer der Schildwachen aus der Leibgarde des Königs
Oder einer der Waffenträger!

(Vers 1–3)

Schon seit neun Jahren tobt der Krieg. Zwei Völker, die Griechen und die Trojaner, stehen einander gegenüber, zusammen mit ihren jeweiligen Verbündeten. Die einen, die Angreifer, lagern bei ihren Schiffen, die anderen am Fuße ihrer Festungsmauern. Die Trojaner könnten endlich den Sieg erringen; sie glauben daran! Die Griechen sind erschöpft, zerstritten; zu lange schon dauert dieser Krieg!

Mitten in der Nacht, einer Neumondnacht, sind die Lagerwachen vor Angst zitternd zu Hektor ins Zelt gekommen, um ihn aus dem Schlaf zu rütteln; sie haben gesehen, wie die griechische Flotte in grellem Feuerschein lag und im griechischen Lager die Männer massenhaft zum Zelt ihres Anführers Agamemnon stürzten, als hätten sie Angst. Diese Panik – was sie von weitem für Panik hielten – ist es, die sie in Unruhe versetzt. Angst ist ansteckend.

Als Hektor die Augen aufschlägt, glaubt er im ersten Moment, in feindliche Gesichter zu blicken; er erkennt seine Wachposten nicht. Mit schwacher Stimme fragen seine ersten Worte nach dem Losungswort, das die Trojaner vor einem Eindringen des Feindes in ihre Reihen beschützen soll. In der Finsternis draußen, unter freiem Himmel, ist man dem Tumult der Elemente gleichsam ausgeliefert: In der Nacht sind alle Schatten grau. Am Vorabend hatte er einigen Erfolg im Kampf gehabt; wären die Worte der Seher nicht, hätte er sich sofort auf die griechischen Schiffe gestürzt. Hektor interpretiert die Feuer als Signal ihrer Flucht. Der

Zeitpunkt ist gekommen, nun da die Griechen fliehen, sie alle niederzumetzeln.

Der Feind ist nicht zu sehen und was er treibt auch nicht. Zieht er sich zurück? Oder bereitet er einen Angriff vor? Eine Falle? Rat tut not. So heißblütig der junge Held der belagerten Stadt auch ist, lässt er sich doch überzeugen, die Lage auszukundschaften.

Die Vorsicht selbst, wie es scheint, entsendet zum richtigen Zeitpunkt – oder ist es nur Zufall? – einen Waffengefährten zum Ort des Geschehens, eben den mit dem allergrößten Ansehen: den weisen Äneas. Der nächtliche Rat trifft den Entschluss, einen Spion ins griechische Lager zu schleusen. Ein Freiwilliger meldet sich: Dolon. Sein Name bedeutet Trug und Arglist. Für seine Mission wird er beides brauchen. Sein vaterländisches Pflichtgefühl ist in Hektors Augen über jeden Zweifel erhaben – er stammt aus einer hervorragenden trojanischen Familie. Gleichwohl, auch der Dienst am Vaterland hat seinen Preis. Hektor und Dolon verhandeln wie im Scherz, fast spielerisch; Volten und Pirouetten; sie treiben einen gewitzten Wortwechsel, der einem dreisten Kuhhandel gleicht, auf die Spitze. Dolon erlangt eine fulminante Trophäe: die wunderbaren Pferde, weiß wie Schnee, des Achill. Hektor überlässt sie ihm, nicht ohne es sehr zu bedauern; er hätte sie gerne für sich gehabt. Der Rausch des bevorstehenden Sieges benebelt die beiden Männer.

Dolon bricht auf, das Losungswort kennt er; er hat sich für eine List entschieden; er wird seine menschliche Gestalt verhüllen, er wird sich in einen Wolf verwandeln: Er schlüpft in den Pelz eines gehäuteten Tieres und setzt sich dessen Schädel auf. Die Läufe des Tieres passt er seinen Beinen und Armen an, auf freiem Gelände wird er – wie der Vierbeiner – auf allen vieren gehen, ansonsten aufrecht. Er verspricht, das Haupt des Odysseus und das des Diomedes mitzubringen, und zwar noch vor Tagesanbruch.

Kaum ist der Spion zur Küste aufgebrochen, wo die griechischen Schiffe vor Anker liegen, taucht ein Mann auf; er überbringt eine Botschaft für Hektor. Die Nacht ist eine geschickte Kostümbildnerin. Der mürrische Hektor hält den Boten für einen Hirten. Was falle ihm nur ein, hier und jetzt über seine Herden sprechen zu wollen! Er lehnt die Unterredung ab, er verzögert das Überbringen der Botschaft. Es handelt sich um eine gute Nachricht, die er sich mit allen vieren vom Leibe hält. Und sogar nachdem er sie vernommen hat, wird sie ihn nicht erfreuen. Die Hoffnung auf einen Sieg, der ihm ganz allein zu verdanken sei, ist sein einziger Gedanke; er ist taub für die Wirklichkeit.

Dieser Mann, den er als unverschämt bezeichnet, ist zu ihm gekommen, um ihn über das Eintreffen von Verstärkung zu unterrichten: ein riesiges Heer, mit einem ruhmreichen Anführer an seiner Spitze: dem Thraker Rhesos, dem Musensohn. Im Prinzip sind die Musen Jungfrauen, was das romantische Abenteuer nur noch pikanter macht: Seine Mutter wurde mit ihm schwanger in den Armen des Flusses Strymon, den sie zusammen mit ihren Schwestern auf dem Weg zu einem Musikwettstreit durchquerte und der sich für sie entflammt hatte. Der Hirte habe zahllose Krieger die Hänge des über Troja thronenden Berges Ida hinuntereilen sehen, und er habe Rhesos erkannt, schön wie ein Gott, in goldener Rüstung, auf seinem Wagen stehend und seine Pferde lenkend, und die seien weißer als Schnee. Unmöglich zu sagen, welcher der beiden Recken, die sich bekriegen werden, die weißeren habe: Achill oder Rhesos.

Hektor hegt keinerlei Dankbarkeit gegenüber einem so verspätet eintreffenden Verbündeten; ja, er nimmt es ihm sogar übel, nur für den Schlussakt erschienen zu sein, für den Sieg, an den er mehr glaubt als alle um ihn herum. Die Schimmel funkeln nicht mehr als seine Illusionen.

Rhesos und der trojanische Prinz sprechen ungeschminkt miteinander. Beide sind sie Barbaren, beide beherrschen nicht die griechische List. Der Thraker ist nicht früher gekommen, weil er an seinen Grenzen angegriffen worden sei: Er habe seine Feinde dem Erdboden gleichgemacht und sei dann im Gewaltmarsch herbeigeeilt. Doch während Hektor nun schon seit neun Jahren Krieg führt, brüstet sich der tapfere Musensohn, die Griechen in ihrem Lager und auf ihren Schiffen binnen eines Tages auszurotten. Und dann werde er sich nach Griechenland aufmachen, um es zu plündern. Hektor liegt daran nichts. Trojas Heil genügt ihm. Das Prahlen des Kriegers gefällt ihm nicht. Die beiden Männer beschließen, dass, anstatt die gesamte Flotte zu brandschatzen, ein Einzelkampf über den Ausgang des Krieges entscheiden solle, ein Duell zwischen Rhesos und Odysseus, zwischen dem prächtigsten aller Krieger und dem heimtückischsten Griechen, der sich mehr als einmal, in Nacht oder in Lumpen gehüllt, in Troja eingeschleust hatte. Um dieses Einvernehmen zu besiegeln, gibt Hektor das Losungswort preis: Phoibos, den Namen Apollons, des Gottes des Lichtes.

Der Sieg ist mit Händen zu greifen. Das Bild einer Auferstehung der Stadt in der Liebe und im Wein der Feste, wie sie zum Brauchtum gehörten, blitzt im Spiegel der Nacht auf. Schon neigen sich die Sternbilder dem Horizont zu, die Nachtigall weint über ihrem Nest. Der sanfte Schlaf der letzten Wache schließt die Augen. Gleich wird es Tag sein, und mit seinem Herannahen stellt sich auch die Unruhe wieder ein.

Dolon ist noch nicht wieder zurück. Odysseus und Diomedes aber sind im Schutze der Nacht ins trojanische Lager eingedrungen. Spion gegen Spion. Lautlos schleichen sie sich an Hektors

Zelt heran. Sie wissen, wo sie sich hinbegeben müssen, um Hektor niederzustechen, denn Dolon hat es ihnen preisgegeben: Er ist noch nicht wieder zurück, weil sie ihn getötet haben, nachdem sie von ihm alles, was sie wissen wollten, in Erfahrung gebracht hatten: die Topographie des trojanischen Lagers, das Losungswort und sogar die Verkleidung, den Wolfspelz, der von Dolon an Odysseus übergeht, von einer List zur andern. Doch Hektors Bett ist leer, und ernüchtert sind die beiden Griechen kurz davor, in ihr eigenes Lager zurückzukehren, denn sie interpretieren die Zeichen: Wenn die Umstände ungünstig sind, dann haben sich die Götter oder das Glück von ihnen abgewendet.

Eine Stimme gebietet ihnen Einhalt: Athene, die Schutzgöttin der Griechen, die Freundin des Odysseus, sie ist hier, sie ist an ihrer Seite in dieser kritischen Stunde. Dolon war losgezogen vor der Ankunft von Rhesos, mit der Hektor nicht mehr gerechnet hatte. Odysseus und Diomedes wissen nicht, dass der Anführer der Thraker im Morgengrauen sein gesamtes Heer gegen die Griechen ins Feld führen wird, sie ahnen nichts von dieser über ihnen schwebenden Gefahr. Athene verbietet ihnen die Rückkehr und klärt sie auf; sie ist die beste aller Ratgeberinnen. Rhesos müsse binnen einer Stunde sterben; wenn sie bis zum Morgengrauen warten würden, sei der Krieg für sie verloren. Die Göttin sagt ihnen, wo sie den schlafenden Rhesos finden werden, außerhalb des trojanischen Lagers, bei seinen Kriegern. An seiner Seite werde etwas Schwanenweißes schimmern: die berüchtigten Schimmel. Sie sollen sie losbinden und mit sich nehmen. Somit werden weder Hektor noch Dolon, die sich nach ihnen die Finger leckten, Achills Schimmel bekommen; aber Odysseus, der Heimtückische, die von Rhesos.

Die Menschen kennen ihr Schicksal nicht. Manchmal offenbaren die Götter es ihnen. Hektor wird nicht durch die Hand

Diomedes' sterben. Und Paris auch nicht. Als dieser sich aus dem Schlaf geschreckt Athene nähert – die er in der Finsternis zunächst mit Hektor verwechselt –, sieht er in ihr Aphrodite, die Göttin der Liebe, seine Beschützerin, die seit jeher seine Freundin ist, vor ihm stehen. Auch Athene versteht sich auf das Verkleiden. Sie hat die Gestalt ihrer Rivalin angenommen. In dieser bezaubernden Erscheinung beruhigt sie Paris. Die Gerüchte, die von den Wachen in Umlauf gebracht worden seien, man habe Schatten vorbeihuschen sehen, Geräusche vernommen, entbehrten jeder Grundlage.

Während Athene Paris zurückhält und ihn mit sanften Worten beschwichtigt, wird gemordet. Odysseus und Diomedes haben sich auf den schlafenden Rhesos und seine Männer gestürzt, sie metzeln sie wildentschlossen nieder, noch bevor diese ihre Augen öffnen können. Dann fliehen sie mit den Schimmeln. Natürlich sind überall Wachposten aufgestellt, von denen sie auf ihrer Flucht zum Meer aufgehalten werden könnten, aber sie kennen ja das magische Losungswort: Phoibos. Trotz ihrer Aufgebrachtheit lassen die Wachen die Mörder passieren. Dabei hegen sie alle einen Verdacht gegen Odysseus. Sie wissen von keinem anderen Menschen, der sich mit solcher Unerschrockenheit ins Lager hätte einschleusen können.

Bald schon kommt das ganze Ausmaß des schrecklichen Massakers an den Thrakern ans Licht. Der Kutscher, der das glänzende Gespann fuhr, schleppt sich tödlich verwundet und gestützt auf seinen Speer bis zum trojanischen General. Für ihren Großmut sind die Thraker schlecht belohnt worden. Als Verbündete waren sie herbeigeeilt, zum ruhmreichen Kampfe. Und nun sind sie eines stumpfsinnigen Todes gestorben.

Weinend erzählt er von der entsetzlichen Nacht. Er sei aufgestanden, während alle anderen tief und fest schliefen, um die

Pferde vor der Schlacht zu füttern. Da hätten ihn zwei Schatten in Angst und Schrecken versetzt. In der Dunkelheit schien es ihm, es seien Marodeure. Dann sei er wieder eingeschlafen und in einen seltsamen Traum gefallen: Er stand, die Zügel in der Hand, neben Rhesos auf dem Wagen; vor sich sah er, wie Wölfe, die auf die Kruppen der Pferde gesprungen waren, diese mit ihren Schwänzen peitschten; die Rosse wieherten, bäumten sich auf und gerieten außer sich durch die Schläge; entsetzt sei er aus dem Traum aufgeschreckt, aber was er nun vor seinen offenen Augen gesehen habe, sei noch entsetzlicher als das Traumgespinst gewesen: Ringsum sei das Blut in Strömen geflossen, sein Herr, niedergestochen, habe noch geröchelt, er selbst, tödlich verwundet, gesehen, wie die Schimmel in die Nacht verschwanden.

So haben sich die griechischen Spione just in dem Augenblick, da auf ihren Schiffen die trügerischen Feuer aufloderten, ins feindliche Lager geschleust und sind der trojanischen Wachsamkeit entgangen, ihren Vorteil ziehend aus dem Aufruhr, in den die Trojaner zu diesem Zeitpunkt geraten waren. Für den Kutscher liegt die Sache auf der Hand: Nur Hektor komme als Schuldiger in Frage, nur er könne dieses Verbrechen begangen haben, aus Habgier nach den Schimmeln. Und für Hektor ist die Sache nicht weniger klar: Nur einem Kutscher, zumal einem aus Thrakien, könne es in den Sinn kommen, dass er, Hektor, bei all seinem soldatischen und fürstlichem Freimut zu einer so schaurigen Tat fähig sei. Einmal mehr steht Odysseus im Visier. Hektor erkennt ihn an der Tat. Dolons Verschwinden lässt sich erklären: Er hat das Losungswort preisgegeben, bevor er sterben musste. Den Griechen hat der Wolfspelz dazu gedient, sich im Lager der Trojaner zu bewegen. Das Losungswort, das die Sicherheit der Trojaner gewährleisten sollte, ist ihnen zum Verhängnis geworden.

Der Sieg ist in weite Ferne gerückt; nun wird man sich in

Geduld üben müssen. Die Trojaner sehen, wie am Himmel eine majestätisch gekleidete Frau erscheint. In ihren Armen trägt sie Rhesos' Leichnam. Die Muse, seine Mutter, ist gekommen, um ihn zu bestatten. Sie weint und besingt seine Tugenden: Er sei der Edelste, der Tapferste ihrer Söhne gewesen. Natürlich habe sie gewusst – alles wissen die Musen –, dass ihr Sohn sterben würde, wenn er nach Troja ginge. Dies sei sein Schicksal gewesen; doch Rhesos habe den Bitten Hektors nachgegeben; die Muse klagt Athene an. Sie sei die Schuldige, sie habe alles arrangiert und dabei die Wohltaten Apollons und der Musen vergessen, Orpheus, den Thraker, der Athene in seine Mysterien einweihte, vergessen, Musiaos, den weisen Athener, der ihr Schüler war, vergessen.

Rhesos werde leben, so tot wie er ist, für seine Mutter und alle anderen Lebenden; seine Seele werde leben, unsichtbar in den Höhlen der Erde. Als Gott-Mensch werde er wie ein Prophet des Dionysos sein. Und Athene werde ihren Schützling Achill nicht retten können. Apollon, der Vater der Musen, werde den Streich, der für ihn tödlich sein wird, ausführen. Das werde ihre Revanche sein.

Die Erscheinung verblasst am Himmel. Es tagt. Hektor erteilt seine Anweisungen. Er verkündet seinen Truppen, dass dieser Tag der Tag des Sieges sein werde. Der Krieg geht weiter. Die Griechen sind noch immer da.

Wer andern eine Grube gräbt, fällt selbst hinein.

DIE SCHUTZFLEHENDEN

Die Mütter

AETHRA

Demeter, Beschützerin der Herdstätten dieser Erde von Eleusis,
Und ihr, Tempelwächter der Göttin,
Beglückwünscht mich – und meinen Sohn Theseus,
Die Stadt Athen und die Erde des Pittheus […]
(Vers 1–4)

Die Stadt Theben, in Böotien, hat die tragische Geschichte des Ödipus erlebt; von der Erinnerung an ihren Fall ist sie noch wie gebannt. Die beiden Söhne des unglückseligen Helden, Polyneikes und Eteokles, stritten sich wie wild um die Thronfolge – der eine, Eteokles, setzte sich in Theben durch und wurde dort König; der andere, Polyneikes, vermählte sich mit der Tochter des Adrastos, dem König von Argos. Als Fremder in seiner eigenen Stadt trieb Polyneikes die Argier in einen verrückten Feldzug gegen Theben. Die sechs Helden, die mit ihm zogen, fielen vor sechs Toren der Stadt zusammen mit ihren Soldaten; er selbst wurde vor dem siebten von seinem Bruder niedergemetzelt, den er im Fallen mit in den Tod zog. Danach kam es zu einem Blutbad.[31] Die Toten übersäen das Schlachtfeld: Kreon, der neue König von Theben, verweigert den Angehörigen das Universalste aller Rechte: die Leichname an sich zu nehmen und sie zu begraben.

Schmerz und Schrecken sind auf die Spitze getrieben. Die Mütter der gefallenen Helden sind zusammen mit Adrastos, dem Argier, nach Eleusis zu Athene gekommen, um sich an das Sanktuarium der Göttinnen Demeter und Persephone zu wenden, denn dort werden die heiligsten Lebens- und Todesriten in ganz Griechenland gefeiert. Sie haben sich draußen auf den Stufen zum Tempel niedergelassen, in ihren Händen halten sie den von Opferbinden umwickelten Olivenzweig; sie haben die Kinder der toten Helden mitgebracht. Diese wimmernde und erbarmungswürdige Schar erwartet Hilfe von Athene.

Zufällig hat sich auch Aethra, die Ahnin, die Tochter des Pittheus, des Königs von Troizen, die Frau des großen Königs Aigeus, der einst über Attika herrschte, und die Mutter des Königs Theseus, dessen Sohn und Thronfolger, eben gerade an diesem Tag nach Eleusis begeben, um am Fest der Früchte teilzunehmen, einem Fest aus Licht und Freude. Dort trifft sie auf die weinenden Mütter; jene werfen sich ihr zu Füßen, um ihre Fürsprache beim König zu erwirken. Und die alte Königin zeigt sich betroffen von den Bitten der armen Frauen. Sie lässt nach ihrem Sohne rufen. Er möge kommen und Zeuge werden dieses traurigen Anblicks und ihre Bitten erhören!

Der König eilt sofort herbei. Nicht dass Aethras' Gesandter ihn so geschwind erreicht hätte. Aber er war in Sorge wegen des Ausbleibens seiner Mutter; und so hat er sich auf den Weg gemacht, um zu sehen, ob sie wohlauf sei. Entsetzt über den Anblick der greisen Tränen befragt er zuerst sie, dann den König von Argos. So erfährt er von dem Krieg, von den Ursachen des Krieges: Zwei Hochzeiten stünden also am Anfang dieses fürchterlichen Schlachtens. Warum nur habe Adrastos zwei seiner Töchter mit Nichtargiern vermählt? Dieser räumt ein: Es sei in der Tat eine Torheit gewesen. Er habe das Wort des Gottes Apollon falsch verstanden, als er diesen um Rat ersuchte; der Löwe und das Wildschwein, die der göttliche Rat ihm als Schwiegerkinder anempfahl, waren es wirklich diejenigen, die er gewählt hatte? Enigmatisch wie immer habe das Orakel nach korrekter Auslegung verlangt. Und auch den Rat des prophetischen Priesters, nicht in den Krieg zu ziehen, habe er nicht beherzigt. Trotz – oder wegen – seines Alters habe er sich von hitzigen Jungspunden, die wohl aus den verrufensten Vierteln seiner Stadt stammten, mitreißen lassen. So komme es in den Tyranneien: Der Despot gebe immer dem Volksbegehren nach, denen, die ihm zur Macht verholfen haben.

Theseus, der demokratische König, zeigt sich wenig angetan von diesem beinahe unterwürfigen und eines Königs unwürdigen Geständnis. Beziehungsweise findet er in Adrastos' Argumenten nichts, was sein eigenes Volk überzeugen könnte. Athen ist eine freie Stadt: Die Bürger regieren mit, sie werden zu Rate gezogen, sie stimmen ab. Von der hohen Warte seiner Jugend und seines Erfolgs aus belehrt er den Tyrannen: Er glaube nicht an die Analyse, wie sie im Allgemeinen von der Geschichte gemacht werde; er habe nichts übrig für die trostlosen Gesänge über die Makel unserer Welt, in denen sich die Tragödie ergehe. Die Götter fördern den Fortschritt, und die Vernunft der Menschen müsse sich ihrer hohen Vernunft fügen.

Aethra, die königliche Witwe, ergreift das Wort. Sie weiß, dass Frauen nicht gewohnt sind, dies zu tun, dass sie sich herauszuhalten haben. Sie tut es trotzdem. Sie sagt, dass nicht nur die Achtung vor dem Gesetz das Heil der Städte sei; und wenn sich Athen unter allen Städten hervortue, dann weil es den Ruf habe, die Menschenrechte zu verteidigen; und sie hege ebendieses Bild von der Stadt. Theseus müsse sich der Angelegenheit annehmen! Das sei gute Politik. Theseus versteht die Sprache seiner Mutter. Er muss nun nur noch so tun, als gelte es, das Volk davon zu überzeugen, sich seiner Ansicht anzuschließen; natürlich weiß er, dass ihm das gelingen wird. Die Stadt wird ihm beipflichten, das Volk wird seinen Begehr gutheißen; er ist stärker als ein Tyrann. Die Politik, die Früchte trägt, entspricht der verbreiteten, von allen geteilten Moral, der üblichen Praxis.

Die Großzügigkeit, die der Herrscher sich von Athen erwartet, wird ihm tatsächlich von Nutzen sein; die Achtung vor der Mutter ist ein universaler Wert. Von der Stadt damit betraut, stellt Theseus ein Ultimatum: Frieden, wenn die Thebaner die Leichname aushändigen; Krieg, so sie es nicht tun. Der thebanische

Botschafter trifft genau in dem Moment ein, als Theseus gerade seinen Boten losschicken will. Zwischen beiden Männern kommt es zu einem hitzigen Wortgefecht über die jeweiligen Vorteile der Tyrannei und der gemäßigten Monarchie sowie über das Recht beider Seiten in der fraglichen Sache. Der Thebaner holt weit aus, Theseus fasst sich nicht kürzer. Rhetorik gegen Rethorik, demokratische gegen despotische, auf Augenhöhe. Doch der Schlagabtausch in Worten führt zu nichts. Dem König von Athen steht es zu, dem Redefluss Einhalt zu gebieten. Keiner hat nachgegeben. Das heißt Krieg.

Somit beginnt, unter einem neuen Heerführer, eine neue Belagerung der Stadt des Ödipus. Eteokles hatte seinerzeit versucht, mit den Argiern zu verhandeln. Von den beiden Brüdern war er der weniger Kampfeslustige gewesen. Nach ihrem Sieg über die Argier wurde die Stadt Theben unerbittlich. Und nun wird sie fallen, Opfer ihres unerträglichen Hochmuts. Und rings um die Stadt wird alles von Leichen übersät sein, mehr noch als gestern. Da waren es die Leichen der Argier gewesen, jetzt werden es die der Thebaner sein. Der Krieg lässt das Reich des Todes an Terrain gewinnen. Wird es der letzte sein?

Theseus hat eifrig gekämpft. Seine Keule hat Köpfe rollen lassen. Dann hat er, dem Brauche folgend, die Toten bestatten lassen – die namenlosen Toten des argischen Heeres. Er hat ihre blutigen, verstümmelten Leiber gewaschen, ein Dienst, der selbst für Sklaven eine Zumutung ist; nun liegen sie in der Nähe Thebens am Fuße des Kithairon begraben. Die Beschreibung dieser entsetzlichen Szenen lässt Adrastos vor Schmerz aufheulen: »Ach, wäre ich doch tot wie sie!« Wie wahr, den Tod erträgt man nur im Tod.

Die Beerdigungsprozession, mit der die gefallenen Heerführer zum Scheiterhaufen geleitet werden, gereicht ihrer Tapferkeit zur Ehre. Adrastos hält für jeden von ihnen eine Grabrede. Die

Porträts, die er dabei zeichnet, sind stets nüchtern und prägnant, von einer Schlichtheit, die nichts mehr gemein hat mit der rhetorischen Fülle des politischen Diskurses. In der Abfolge dieser Porträts lassen Anordnung, Form und Ausgestaltung die partikulare Angemessenheit eines jeden einzelnen zur Nebensache werden. Die Mütter werden von ihren Söhnen nur diese verschönerten Bilder sehen. Der Anblick ihrer vor Blut triefenden Wunden soll ihnen erspart bleiben. So haben es die beiden Könige beschlossen.

Was sie hingegen mitansehen werden: die Folge, den Höhepunkt des kriegerischen Geschehens: den unvorhergesehenen Selbstmord der Euadne, der Frau des Kapaneus, der mitten im Kampfgetümmel vom Blitz des Zeus erschlagen worden war. Euadne, in ihrem Hochzeitsgewand, stürzt sich vor ihrer aller Augen in den Scheiterhaufen, in dem die sterblichen Überreste ihres Gemahls zu Asche werden.[32] Von den anderen getrennt, wie es der Ritus für die vom Blitz Erschlagenen vorschreibt, wird Kapaneus keine Nachkommenschaft haben; der Tod seiner Frau markiert das Ende eines unfruchtbaren Geschlechts. Die Söhne der anderen Krieger sammeln die Asche ihrer Väter auf; und in ihren Herzen wächst die Rachsucht, die zu neuen Kriegen führen wird. Die Todessehnsucht reißt alle Lebenden mit sich.

Um der Geschichte zu ihrem Schluss zu verhelfen, zeigt sich Athene den Argiern und den Athenern. Sie ist mit ihrem Schützling Theseus sehr zufrieden, doch sie fordert ihn dazu auf, nach der Unterzeichnung eines Nichtangriffspaktes im Rahmen einer feierlichen Opferung zu verlangen, als Gegenleistung für die erbrachte Hilfe, im Grunde eine Schuldanerkennung. Den Argiern aber verspricht sie die Revanche. Die Epigonen, die Söhne der Sieben, werden einmal mehr ein Heer vor die sieben Tore Thebens führen. Der Krieg ist nicht vorbei.

Lieber Krieg als Abkehr von einem geheiligten Recht!

DIE TROERINNEN

Die gefallenen Königinnen[33]

POSEIDON

Ich komme, ich, Poseidon, der ich die salzigen Tiefen verließ
Des ägäischen Meeres, wo die Chöre der Nereïden
Ihren Reigen so wunderschön tanzen.

(Vers 1–3)

Troja ist besiegt. Nach zehn Jahren Krieg ist es den Griechen endlich gelungen, in die Hauptstadt Phrygiens einzufallen – ob auf ehrliche oder unehrliche Weise, wer fragt danach? Einzig der Sieg zählt und die Vernichtung des Feindes. Sie haben nicht aufgrund ihres Mutes oder ihrer Stärke gewonnen, sondern dank ihrer List. Die List der Griechen ist berüchtigt. Die List ist nicht so edel wie das Heldentum, aber sie macht sich bezahlt.

Ihr Trick war ein Geschenk, das sie der belagerten Stadt überreichten, um Frieden zu schließen, wie sie vortäuschten: ein riesiges Holzpferd, unter dessen vier Beinen sich Räder befanden, wie bei einem Wagen, in dessen Bauch aber die besten griechischen Krieger saßen. Vor dem Altar der Göttin angekommen, der es zum Opfer dargebracht werden sollte, öffnete sich dieser Bauch, dessen Eingeweide die Stadt in Schutt und Asche legten. Bei der Göttin handelte es sich um Athene, die Schutzgöttin der griechischen Stadt Athen.

Die Frauen Trojas, zumindest die Schönsten und Adeligsten unter ihnen, sind aus der Brandschatzung und Plünderei ausgelieferten Stadt in die Zelte der Sieger gebracht worden. In der Menge der Gefangenen warten sie auf das Signal, in See zu stechen, auf den Aufbruch in die Sklaverei. Nicht alle wissen sie, wo sie den Rest ihres Lebens verbringen werden. Von einer Lotterie wird fortan das Schicksal dieser wie Vieh behandelten Frauen abhängen.

Hekabe kauert auf dem Boden vor den Zelten. Sie war die

Königin von Troja, eine der reichsten und mächtigsten Frauen der Welt. Ihr Gemahl wurde vor ihren Augen niedergestochen. Von den fünfzig Kindern, die man dem Königspaar zusprach – Priam erkannte sie zum Teil als die seinen an –, war ihr nur eines geblieben. Kassandra, eine ihrer Töchter, die Apollon geweihte Jungfrau, die Ajax vom Altar der Athene, an den sie geflohen war, fortgerissen hatte, gehörte ihr schon lange nicht mehr. Eine letzte, Polyxena, mochte wohl noch am Leben sein, denn sie war einem Krieger zugefallen, der im Krieg gefallen war, Achill. Auf die eindringlichen Fragen der Königin antwortet der griechische Gesandte ausweichend. Was er sagt, ähnelt den Inschriften, wie man sie auf Grabsteinen liest: »Sie ist zur Seligkeit gelangt«, »Sie hat ihren Frieden gefunden«, »Sie ist von allen Übeln befreit«. Bald schon wird Hekabe erfahren, dass sie gestorben ist, zu Tode gefoltert.[34]

Die Königin weint; sie ist die Vorfahrin, die exemplarische Mutter und die vollkommene Gemahlin. Ihr steht es als Erster zu, das Wort zu ergreifen, an diesem Ort der Ödnis, auf diesem Terrain des Wartens und der Verzweiflung. Das Mädchen Kassandra, die Gemahlin Andromache, die Liebhaberin Helena, sie verkörpern an Hekabes Seite die verschiedenen Aspekte ihrer Persönlichkeit, die im Zentrum steht. Sie treten der Reihe nach an ihrer Seite auf und schreien ihren Groll heraus: Kassandra, die ihr durch biologische Abstammung am nächsten steht; dann Andromache, ihre Schwiegertochter, ihr Abbild, was Tugend und Würde betrifft, Hektors Witwe und Mutter des trojanischen Thronfolgers; und schließlich Helena, die Ursache des Krieges, dreimal verflucht, ihr absolutes Gegenteil. Am Schluss, als die Zeit des Wartens sich ihrem Ende nähert, beschimpfen sich Hekabe und Helena und fordern sich heraus. Die beiden Frauen gehören zu den verfeindetsten Lagern überhaupt. Die eine ist Trojanerin, die andere Griechin. Die eine hat alles verloren, die andere kehrt zu ihren Besitzungen zurück, die eine ist alt, die andere jung und schön, die eine ist zerstört, die andere zerstörerisch. Helena, die letzte, die sich zeigt, hat durchaus etwas von Kassandra an sich, die als zweite auftaucht. Kassandra ist eine Ausgeschlossene wie sie, eine despektierliche Frau, die für eine Vermählung und die gewöhnliche Fortpflanzung der Gattung nicht in Frage kommt. Die eine wie die andere haben durch ihre Schönheit Unheil gestiftet. Helenas Begehren hat den Untergang Trojas herbeigeführt; und das Begehren wird den Atriden in Gestalt der von Agamemnon geliebten Kassandra zum Verhängnis werden.

Von allen Gefangenen ist Kassandra die aufsässigste. Sie, die im Palast ihres Vaters die Priesterin des Apollon war, hat seit dem Fall der Stadt ihr weihevolles Temperament eingebüßt. Sie reißt sich nun die Binden vom Leibe, die einst ihr ganzer Stolz waren. Von der vom Gott des prophetischen Wahns Besessenen hat sie sich in eine hüpfende, tanzende und schreiende Mänade verwandelt, in eine Bacchantin, aber in eine gedemütigte und entehrte, denn der Gott, den sie immer noch liebt, hat sie nicht beschützt. Um durchzuhalten, hat sie nichts mehr als die Lumpen des Wahns. In ihrem possenreißerischen Gewand kündet sie dieses oder jenes Unheil an, wie es jeder vernünftige Geist vorhersehen könnte; und man lässt sie gewähren, unter der Bedingung, dass sie die Verrückte spielt. Kassandra ist die Priesterin ohne Dämon, der sie beschützt, die Gemahlin ohne Heim. Sie steht in ihrer sprunghaften Ruhelosigkeit für die vergewaltigte Unantastbarkeit.

Wie alle Frauen Trojas ist sie nun eine Sklavin, und zwar genauer eine Sklavin fürs Bett. Agamemnon, der oberste Heerführer, will sie. Er liebt sie leidenschaftlich, wie Zeus Ganymed liebte. Eros hat ihn mit seinen Pfeilen getroffen; sie wird nicht nur die Slavin sein, die das Haus fegt und die Kinder abwischt, sondern die heimliche Geliebte, die Rivalin Klytämnestras, der in Griechenland gebliebenen griechischen Gemahlin. Dieses Los, das sie den Lüsten eines Mannes ausliefert, ist grausamer als eines, das sie in den Dienst einer Gebieterin gestellt hätte. Agamemnon zu dienen ist keinesfalls beneidenswerter als der Lakedaimonierin zu dienen – ebenjener, die Hekabe verächtlich so nennt, weil sie bei der einen Schwester an die je andere denkt, bei Helena und Klytämnestra.

Die wahnsinnige Verlobte, einem verhassten Gebieter versprochen, entzündet im Zelt die Hochzeitsfackel, die, so will es der Brauch, von der Mutter gehalten wird, und sie stimmt einen schiefen Hochzeitsgesang an, für sich alleine einen ganzen Chor spielend, die Karikatur einer Feier zelebrierend, für die sie nur Verachtung übrighat. Als kündete sie durch die Feuer des Hymen Trojas Verbrennung an und durch ihre Worte das über ihre neuen Herren kommende Unheil. Denn das eine Ereignis trägt das andere aus. Die Braut frohlockt vor böser Freude. Die besiegte Stadt ist glückseliger als die siegreiche: Sie geht auf ihrem eigenen Grunde zugrunde, während die Eroberer unter der fremden Erde begraben sind. Dieses grausame Paradox macht aus Hektors Tod und dem Tod seiner Brüder einen Segen; und es hilft ihr, den Gedanken zu ertragen, dass sie selbst nach ihrer Ankunft bei den Argiern nackt in eine Schlucht geworfen wird.

Für Kassandra ist Troja stärker als Griechenland. Ihr Maß sind Desaster und Verlust, und hierin hat Troja gewonnen. Andromache, die ihren Platz an Hekabes Seite einnimmt, geht noch weiter: Sie behauptet steif und fest, dass der Tod dem Leben vorzuziehen sei. Nicht sein, nicht geboren werden, tot sein – es läuft alles auf dasselbe hinaus. Der Tote empfindet nichts, also leidet er nicht. Wenn das Leben eine klaffende Wunde ist, sollte man dann nicht den Tod vorziehen? Hekabe glaubt das nicht: Sie wägt ab zwischen dem Nichts und der Hoffnung, und die Hoffnung wiegt schwerer. Zumindest für den Augenblick.

Andromache wird auf einem Wagen, den griechische Soldaten ziehen, zu Hekabe gebracht. Sie besitzt die Majestät einer Frau und die einer Mutter, mit ihrem Sohn Astyanax auf den Armen, den nunmehr nutzlosen gewaltigen Schutzschild Hektors an ihrer Seite. Ihre Tugendhaftigkeit ist berühmt, sie ist die Glänzendste aller Frauen, Inbegriff der vollkommenen Weisheit einer Gemahlin. Durch diesen ihren Ruf fiel sie Neoptolemos zu, dem Sohn des Achill; das weiß sie bereits; wie sie auch weiß, vielleicht weil sie nun diesem Haus gehört, dass Polyxena, Hekabes Tochter, auf Achills Grab erstochen worden ist; aber sie weiß noch nicht, dass sie Astyanax verlieren wird. Der Sohn des trojanischen Helden muss sterben. Denn sein Leben stellt eine Gefahr dar für die griechischen Sieger. Von Soldaten wird er von den trojanischen Festungsmauern gestürzt und sein Leichnam von Hekabe mit Hektors Schutzschild als Grabbeigabe bestattet werden. Als man ihr das Kind nimmt, wird klar, warum Andromache den Tod dem Leben vorzieht, zu dem sie verurteilt ist.

Menelaos wird einen Teil der beträchtlichen Kriegsbeute einheimsen. Im Lager der Griechen nimmt er seine Frau entgegen, den Einsatz, der im Krieg auf dem Spiel stand. Dieser Tag der Rückeroberung, sagt er, sei einer der schönsten in seinem Leben. Ist es Helena, das Licht der Sonne, die er so lauthals würdigt? Oder geht der Jubel über die Rache mit ihm durch? In diesem entscheidenden Augenblick, da sich der Hass der Frauen, von Hekabe bis zu Andromache, nur noch auf ein Objekt richtet: die Ursache ihres Leidens, schwankt er. Wird er Helena töten, wie es ihm nahegelegt worden ist? Oder wird er sie nach Sparta zurückbringen? Letztlich hat man ihm die Wahl gelassen. Er spielt mit dem Gedanken einer dritten Lösung: sie nach Sparta zu bringen und dort von denen töten zu lassen, deren Unglück sie war: von den Witwen und Waisen des trojanischen Krieges, den sie ausgelöst hat.

Hekabe ist alt: Sie weiß, noch bevor Helena, in ihre schönsten Gewänder gekleidet, an den Haaren herbeigeschleift, vor Menelaos liegt, dass Eros stärker ist als aller Hass. Sie empfiehlt Menelaos die Flucht. Helena aber verlangt das Recht, sich zu verteidigen, und dies will Hekabe ihr nicht verwehren; sie selbst hält den König von Sparta an – einen brachialen Herrscher, der nicht viel Aufsehens um Worte zu machen pflegt –, Helena anzuhören; die beiden Frauen, die alte und die junge, sie suchen Streit. Die Junge erhebt Anklage – Angriff war schon immer die beste Verteidigung – hauptsächlich gegen Hekabe, die Mutter ihres Verführers, aber auch gegen Aphrodite, von der sie für einen Schönheitspreis verkauft worden war, und schließlich gegen die Trojaner, die sie gewaltsam daran gehindert hätten, sich ins Lager der Griechen zu begeben. Hekabe widerlegt jedes ihrer Argumente. Der Schmerz hat sie nicht um ihren klaren Verstand gebracht. Helena sei ein schlechter Mensch, aber reden könne sie gut. Diese Kunstfertigkeit, die sie nutze, um Schaden anzurichten, mache sie so gefährlich. Aphrodite, der sie ihre eigene Verlorenheit zum Vorwurf mache, sei nur der Name, den die männliche Unzucht trage.

Menelaos wird zunächst Hekabe beipflichten, er gehört zu jenen Menschen, die immer dem Recht geben, der gerade gesprochen hat. Er verurteilt Helena zum Tode. Doch als diese sich ihm zu Füßen wirft, dauert es nicht lange, bis er seine Meinung ändert: Er befiehlt, sie auf sein Schiff zu bringen. Fürs Erste wird man sich mit seiner Halbherzigkeit begnügen: Nun gut, also soll Helena nicht sofort bestraft werden; aber die Überfahrt dürfe sie auf keinen Fall auf Menelaos' Schiff antreten, denn jeder wahrhafte Liebhaber, wie alle Lust, wolle die Ewigkeit: Und das ur-

teilende und unterscheidende Denken füge sich dem Objekt der Begierde.
Nun läutet die Stunde des Aufbruchs. Das Schiff des Neoptolemos, auf dem sich Andromache befindet, ist schon kaum mehr zu sehen. Hekabe bestattet das tote Kind. Die letzten Gebete werden gesprochen. Erst jetzt erfährt man, dass Hekabe Odysseus gehören wird – ihn hasst sie mehr als jeden anderen. Dann kommt der Augenblick, die Toten anzurufen: Die Frauen knien sich nieder und schlagen mit ihren Händen auf die Erde. Troja steht in Flammen, die Dynamik der Gewalt, am Anbeginn der Zeiten aufgekommen, ist nicht abgeklungen; von den Frauen wachgehalten, braucht sie keine Götter, um zu überdauern. Aber das Desaster hat das Lager gewechselt. Es wird ein langer Sturm werden.

Das Schlimme kann das Schlimmste nach sich ziehen.

Anmerkungen

1 C. und M. Lamb, *Tales from Shakespeare*, London 1807.

2 Die empörende Strafe, die Admetos »aus Notwendigkeit« trifft, verweist auf das Zeugungsverbot, das Laios in der Geschichte von Ödipus erteilt wird; das erfüllte Glück einer Familie schlägt notwendig in Unglück um, denn die eifersüchtigen Götter ertragen es nicht, ihre Privilegien zu teilen.

3 Siehe Vers 390.

4 Alkestis wird nicht eingeäschert werden. Der »Scheiterhaufen«, von dem nach manchen Übersetzungen in den Versen 608 und 740 die Rede sei, hat nichts mit ihr zu tun. Das Wort bezeichnet eher einen Tumulus, eine »pyre« (siehe *LSJ*; P. Chantraine, *Grammaire homérique*, *ad. loc.*); wenn Admetos verspricht, im Tode neben seiner Frau zu ruhen, dann heißt das, dass ihr Körper nicht verbrannt worden ist. Anstatt zu spekulieren, Euripides wäre »zerstreut gewesen, und zwar äußerst zerstreut« (um es mit den Worten des Herausgebers der Collection Budé zu sagen, Anm. 3, S. 89, der ebendiese Möglichkeit in Betracht zieht), sollte man lieber unter Berücksichtigung aller im Text enthaltenen Hinweise – der Sarg, in dem Admetos Seite an Seite mit seiner Frau zu liegen wünscht, das Grabloch, der Scheiterhaufen, auf den sich der Beerdigungszug zubewegt – verstehen, dass Letzterer nicht für sie angehäuft wurde, sondern für die Opfergaben. Die paranomastische Überlagerung, durch die Quasihomonymie der Bezeichnungen für das Monument und für das läuternde Feuer, hat der Verwechslung zweier Bestattungsriten (der Grabkammer und der Einäscherung) Vorschub geleistet.

5 Die Verse 65–71, in denen Apollon verspricht, Alkestis dem Tod zu entreißen, sind mitunter als Interpolationen angesehen worden (siehe A. M. Dale, *Euripides. Alcestis*, Oxford, 1954, *ad. loc.*)

6 Siehe die Verse 28–76 im Prolog.

7 Ist die Frau, die man in der Regel leibhaftig zu Admetos zurückkehren lässt, seine Frau, die im letzten Augenblick, als Tote bereits, dem Tod entrissen worden wäre? Oder ist es eine Ersatz-Alkestis? Gewiss steht die Rückkehr der Toten im Widerspruch zu den zahlreichen Stellen im Stück, die an die *conditio* der Sterblichen gemahnen (z. B. die Verse 782 oder 799, 962–972, 983–989). Die Blitztötung des Asklepios und die Leibeigenschaft des Apollon zu Beginn des Stücks sowie das Unglück des Admetos, dessen Schicksal es ist, jung zu sterben, markieren und orientieren den Sinn. Es stimmt, dass im Prolog – einem Rededuell zwischen Apollon und Thanatos (»Wir werden dich daran hindern, sie mitzunehmen« gegen »Sie wird hinabfahren zu den Toten«) – Apollon, der Gott des Lichtes und der Poesie, seinen Sieg und ein *happy end* vorhersagt. Unterm Strich setzen zwei Lösungen der Handlung ein Ende. In den Versen 843–855 stellt Herakles seine Strategie vor. Er werde, noch auf dieser Erde, den Tod, Thanatos, überwältigen. Sollte ihm dies nicht gelingen, werde er ins Totenreich hinabsteigen. Es ist schwierig, sich vorzustellen, dass Herakles, wenn er denn den versprochenen Dienst bewältigt hätte, dies nicht sofort seinem Freund mitgeteilt haben würde, anstatt zunächst sein Bedauern zum Ausdruck zu bringen, es nicht geschafft zu haben (Verse 1072–1076), und eine Unbekannte mitzubringen. Will er mit dieser List den Treueschwur des Admetos auf die Probe stellen? Mir scheint, dass Euripides die alte Erzählung aus Platons *Symposion* (179b–180b), in der die Götter es Alkestis (ihrer *psychè* oder ihrem Dämon) gewähren, auf die Erde zurückzukehren, bearbeitet und interpretiert. Thanatos ist auf den Särgen zu sehen, auf denen die Geschichte als Auferstehungsmythos erzählt wird; zunächst noch verstohlen hat dieser Mythos im Laufe der Interpretationsgeschichte nach und nach die Bühne für sich eingenommen, bis er schließlich an die Stelle der Lektüre trat (so bei Gluck, Thornton Wilder, Yourcenar, Bob Wilson, Heiner Müller und anderen). Die Möglichkeit einer Rationalisierung durch Euripides über den Umweg einer Prahlerei des Herakles (Verse 1140–1142), die gut zur Rolle des mitteil-

samen und großherzigen Helden passt (*miles gloriosus* wie Achill in *Iphigenie in Aulis*, siehe unten, Anm. 27), wurde nicht in Erwägung gezogen. Herakles brüstet sich; die Frau ist irgendeine Frau, ihren Namen wird man niemals erfahren. In diesen beiden sich widersprechenden Lösungen (die von einer Doppelgängerin ersetzte Heldin oder die dem Tod Entrissene) überschreitet das Stück alle Gattungen, das Komische und das Tragische. Das Wirkliche mit dem Erdichteten vermischend ist das Stück eine Gattung für sich allein. Auch im unaufhörlichen Kampf zwischen dem Leben und dem Tod kann es keine Lösung geben. Euripides ist nicht zweischneidig, sondern er inszeniert eine Aporie. Der Schluss bleibt enigmatisch wie das Leben; er wird enigmatisiert: Hat Admetos Alkestis erkannt? Ist Alkestis Alkestis? Wer ist die verschleierte Frau mit den versiegelten Lippen? Die Frage bleibt ohne Antwort. Trotzdem wird sie gestellt.

8 Siehe die Interpretation der Verse 190–197 aus Euripides' *Bacchantinnen* in der Übersetzung von M. und J. Bollack, Paris, Editions de Minuit, 2005.

9 In der christlichen Theologie war die Versuchung groß, in Dionysos eine Vorausdeutung auf Christus zu sehen. Siehe J. Bollack, *Dionysos et la tragédie*, Paris, Bayard, 2005, S. 14: »Der Gott verkleidet sich als Mensch – oder als Tier: Er ist kein Menschengott, sondern das Gegenteil: ein Göttermensch.« Ein Gott des Lebendigen, ohne den Heiligen Geist. Im Stück erscheint Dionysos in dreifacher Gestalt: als Gott, als Mensch und als Stier.

10 Zur Unterteilung in gute und böse Bacchantinnen und zum Glaubensbekenntnis der Gefährtinnen des Gottes siehe Jean-Pierre Vernant, »Le Dionysos masqué des Bacchantes«, in: Jean-Pierre Vernant und Paul Vidal-Naquet, *Mythe et tragédie 2*, Paris, La découverte, 1986, S. 237–270. Er unterscheidet zwei Klassen von Bacchantinnen: einerseits die Gefährtinnen des Gottes, aus denen sich der Chor zusammensetzt; sie sind mit ihm eingetroffen und haben einen Grad der Heiligkeit erlangt, wie ihn die Thebanerinnen noch nicht erreicht haben; und andererseits die Thebanerinnen selbst. So erklärte sich die Sanftheit und Frömmigkeit, wie sie von

den einen gesungen werden, und der Furor der anderen. Diese Klassifizierung übertüncht so manche Schwierigkeit. Die Extreme berühren sich in jeder der Frauen: Wildheit und Zärtlichkeit, wie in jeder Religion.

11 Die Passionsgeschichte des Pentheus sowie die dem Gott und Menschen verliehenen Attribute sind im Lauf der Zeit auf verschiedene Weise assimiliert worden, insbesondere von der christlichen Theologie. Die modernen Interpretationen weisen noch Spuren davon auf.

12 Nach der akademischen Unterteilung der Gattungen handelt es sich bei diesem Stück um ein satyrisches Drama wie *Alkestis*.

13 Siehe weiter unten eine andere Version.

14 Siehe Pierre Chantraine, *Dictionnaire étymologique de la langue grecque*, Paris, 1970, *ad. loc.*

15 Der Seher Helenos wird von Thetis nach Neoptolemos' Tod mit Andromache beschenkt, siehe oben, S. 30.

16 Davon berichtet die homerische Hymne an Demeter, die vom Chor wiederaufgegriffen wird. (Vers 1301–1365).

17 Zum Mythos siehe Peter Szondi, »Fünfmal Amphitryon. Plautus, Molière, Kleist, Giroudaux, Kaiser«, in ders.: *Lektüren und Lektionen. Versuche über Literatur, Literaturtheorie und Literatursoziologie*, FfM 1973, S. 163 ff.

18 Diese bestialische Vorgeschichte ist zweifellos ein bedeutendes Element für die Geschichte der Gegenwart und das Unglück des Herakles. Das zu ignorieren, ist ein Fehler.

19 Zur Interpretation, die Wilamowitz in seinem wirkungsmächtigen Buch *Euripides. Herakles* (Berlin 1889) vorlegte, das noch die heutige Kritik beeinflusst, siehe Jean Bollack, *Au jour le jour*, Paris 2013, S. 231–233.

20 Die Gründe für die Opfer-Selbstmorde von Jugendlichen, ein Motiv, das Euripides häufig verwendet, sind stets verschieden (siehe *Hekabe*, *Iphigenie in Aulis*, *Die Phönizierinnen*).

21 Im Unterschied zur *Phädra* von Racine (oder zu der von Seneca), der vielleicht einer anderen Version des Stückes folgt.

22 Die Funktion des Kleidungsstückes, das den Körper berührt hat und die Neigungen der anvisierten Person (Phaidra oder Hippolytos) beschwören oder ändern soll, ist in diesem entscheidenden Dialog leichter zu

verstehen als die magische Formel (*logos*). Zur Diskussion um diese Stelle siehe W. S. Barrett, *Euripides. Hippolytus.* Edited with Introduction and Commentary, Oxford, 1964, *ad. loc.*

23 Zu dieser Vermählung mit dem Tod siehe Jean Bollack, *Au jour le jour, op. cit.*, S. 231.

24 Die Figur des Achill, des großspurigen Kriegers, ist in diesem tragikomischen Licht wohl zum ersten Mal 1990 in unserer Interpretation auf die Bühne gebracht worden, hervorragend gespielt in der Inszenierung von Ariane Mnouchkine am Théâtre du Soleil in Paris. Siehe die Übersetzung von Jean und Mayotte Bollack, *Iphigénie à Aulis*, Editions de Minuit, Paris 1990. Siehe auch Jean Bollack, *Au jour le jour, op. cit.*, S. 229.

25 So lautet die plausibelste Interpretation der feierlichen Schenkung (Philippe Pétain hat sich an sie erinnert: »Ich schenke Frankreich …«), die Iphigenie in ihrer Person Griechenland überreicht: die Hochzeit *post mortem* mit Achill. Ihr Todeseifer lässt sich nicht anders verstehen (siehe auch Polyxenas Tod in *Hekabe*, oben, S. 65 f, und den der Euadne, unten, S. 185). Racine wird an diesem Beweggrund nicht festhalten. Nichtsdestotrotz ist die plötzliche Konversion eines erlittenen Unglücks in eine Willenstat ein Element, das seine Aufmerksamkeit erregen musste und das er in der Tat übernimmt.

26 Gérard de Nerval, *Voyage en Orient* (Reise in den Orient), Bibliothèque de la Pléiade, t. II, Paris 1984.

27 Medea ist weder ein Ungeheuer noch eine Aktivistin für die Rechte der Frau. Die Enkelin des Sonnengottes kommt aus einer anderen Welt als Jason und seine korinthischen Kumpel. Die »wahre Frau«, die Medea für Lacan war, ist bei Euripides, als ebendiese barbarische, naturgemäße Frau außerhalb der Ehe, außerhalb der Gesellschaft, frei und wild, eher eine Frau, die wahr spricht, als eine wahre Frau. Vgl. Jean Bollack, *Au jour le jour, op. cit.*, p. 242.

28 In der vorherrschenden Interpretation wird der Kindsmord als nicht mit dem Hass gegen Jason zusammenhängend aufgefasst. Auf diese Weise werden die Züge der weiblichen Neurose hervorgehoben. In Wirklichkeit geht es um ein und dieselbe Tat. Die

Kinder sind von Anfang an zum Sterben verurteilt, auch wenn das Wie noch nicht feststeht, und zwar durch Jasons »Vergehen«. Medea ist eine kindsmörderische Mutter wegen des Vergehens eines eidbrüchigen Vaters; und weil sie dem Bild entspricht, das er sich von ihr macht. Der Tod der Kinder ist Jasons Tod.

29 Die Geschichte von Ödipus wird von Jokaste im Prolog erzählt. Euripides' Stück wird auf das Jahr 407 v. Chr. datiert. Die Unterschiede zur Behandlung dieses tragischen Stoffes durch Sophokles in *König Ödipus*, das zwanzig Jahre früher zur Aufführung kam, sind frappierend, als ob eine Reflexion über gewisse Passagen und eine Diskussion darüber stattgefunden hätten.

30 Das Stück gilt als apokryph, gewiss zu Recht. Es wurde Euripides abgesprochen, wie die »Dolonie« aus dem X. Gesang der *Ilias*, von der das Stück geprägt ist, dem Autor des homerischen Gedichts abgesprochen wurde. Es stimmt, dass sich die Virtuosität im Manierismus verliert; dass sich die Vision des Unheils von der des Euripides stark unterscheidet. Dennoch ist der anonyme Autor, der es verfasst hat, durchaus lesenswert.

31 Bis hierhin entspricht die Schilderung der Geschehnisse der Darstellung in *Die Phönizierinnen*. Vgl. oben, S. 159–167.

32 Dieser Ritus ist belegt. Doch so wie er im Stück des Euripides beschrieben wird, in allen Einzelheiten, in all seiner Gewalt, springt die Einzigartigkeit ins Auge und verlangt nach einer Interpretation. Es ist nicht so sehr eine erotisch konnotierte Bestattung, die Verschmelzung zweier Übergangsriten, der Hochzeit und des Todes, worauf es hier ankommt, sondern das Ende einer Abstammungslinie. Euadne ist nicht wie die anderen weinenden Mütter; und wenn sie nicht wie diese ist, hätte sie es darum nicht weniger sein können. Ihr Selbstmord erlangt den Sinn einer Entsagung: Sie erteilt dem Fortbestand der Geschlechterfolge eine Absage (Vers 1026–1030).

33 Jean Bollack hat das Stück als eine Parade interpretiert, welche die aus dem epischen Repertoire geschöpften großen tragischen Stücke Revue passieren lässt.

34 In *Hekabe* wird dies szenisch etwas anders dargestellt.

Nachschlagewerke

Liddell Scott Jones, *A Greek-English Lexicon*, Oxford, 1908 (*LSJ*).

Pierre Chantraine, *Dictionnaire Etymologique de la langue grecque*, Paris, 1970.

Richard Kannicht, *Tragicorum Graecorum Fragmenta*, Göttingen, 2004.

Hanna M. Roisman (Hrsg.), *The Encyclopedia of Greek Tragedy*, Oxford, 2013.

Zur Tragödie des Euripides im Allgemeinen

Peter Szondi, *Versuch über das Tragische*, Frankfurt am Main, 1961.

Nicole Loraux, *La voix endeuillée, Essai sur la tragédie grecque*, Paris, 1999.

Pierre Judet de la Combe, *Les tragédies grecques sont-elles tragiques?*, Paris, 2010.

Jean Bollack, *Au jour le jour*, Paris 2013 (p. 229–242 ; 1067–1071).

Die Stücke

Alkestis

Amy Marjorie Dale, *Euripides Alcestis. Introduction and Commentary*, Oxford, 1954.

D. I. Iakov, *Hè Alkèstè tou Euripidè. Ermèneutikè ekdosè*, Athen, 2012.

O. Longo, »L'Alcesti di Epicuro«, *Belfagor*, Florenz, 1987, p. 563–569.

N. W. Slater, *Euripide: Alcesti. Companions to Greek and Roman Tragedy*, London, 2013.

H. P. Foley, *Female Acts in Greek Tragedy*, Princeton, 2011.

J. Marks, »Robert Wilson met en scène *Alceste* d'Euripide«, *Théâtre/Public* 722 (Novembre/Décembre 1988), p. 87–98.

Die Bacchantinnen

Jean und Mayotte Bollack (Übersetzer), *Euripide, Les Bacchantes*, Paris, 2005.

Jean Bollack, *Dionysos et la Tragédie*, Paris, 2005.

Jean-Pierre Vernant, Paul Vidal-Naquet, *Mythe et tragédie 2*, Paris, 1986, p. 237–270.

Renate Schlesier, *Der Neue Pauly. Enzyklopädie der Antike*, Band 3, Stuttgart, 1997, s. fv. »*Dionysos*«, p. 651–662.

Hekabe

R. Meridor, »The Function of Polymestor's Crime in the *Hecuba* of Euripides«, *Eranos* 81, 1983, p. 13–20.

M. Cournot, »L'*Hécube* d'Euripide à Gennevilliers«, *Le Monde*, 9 mars 1988.

Ch. Segal, »Golden Armours and Servile Robes in *Hecuba* of Euripides«, *American Journal of Philology*, p. 304–307.

Helena

Jean et Mayotte Bollack (Übersetzer), *Euripide, Hélène*, Paris, 1997.

Jean Bollack, »La Musique au bout du désert: une composition d'Euripide«, Dédale, *7–8. Déserts, Vide, Errance, Ecriture*, p. 343–355.

Barbara Cassin, *Voir Hélène en toute femme. D'Homère à Lacan*, Paris, 2000.

Herakles

Ulrich von Wilamowitz-Moellendorf, *Euripides, Herakles*, Berlin, 1889.

Hippolytos

W. S. Barrett, *Euripides Hippolytos. Edited with an Introduction* and *Commentary*, Oxford, 1964.

Iphigenie in Aulis

Edoardo Sanguineti, *Ifigenia in Aulide di Euripide*, Bologna, 2012.

Jean et Mayotte Bollack (Übersetzer), *Euripide, Iphigénie à Aulis*, Paris, 1990.

Iphigenie in Taurien

E. Hall, *Adventures with Iphigeneia in Tauris: A Cultural History of Euripide's Black Sea Tragedy*, Oxford, 2013.

Medea

D. J. Rayor, *Euripides' Medea: A New Translation*, Cambridge, 2013.

Orest

Marianne Macdonnald, »Orestes' Mania: Euripides', Mee's and Bogart's Apocalyptic Vision«, *Illinois Classical Studies*, 1993, p. 74–81.

M. L. West, Euripides' »*Orestes*« (with translation aud commentary), Warminster, 1987.

Rhesos

F. Jouan, *Euripide. Tragédies*, tome VII, 2ème partie, *Rhésos*, Paris, 2004.

V. Liapis, *A Commentary on the* Rhesus *Atributed to Euripides*, Oxford, 2012.

Die Troerinnen
Jean Paul Sartre (adaptation), *Euripide, Les Troyennes*, Paris, 1965.

Inhaltsverzeichnis

Dämonen und Drachen erscheint im Verlag der Friedenauer Presse, gegründet 1963 in der Wolff's Bücherei im Berliner Stadtteil Friedenau, dem sie ihren Namen verdankt. Der Verleger Andreas Wolff, Enkel des Petersburger Verlegers M. O. Wolff, veröffentlichte bis 1971 in loser Folge 36 Drucke. Von 1983 bis 2017 wurde der Verlag von Katharina Wagenbach-Wolff geführt, seit 2020 ist die Friedenauer Presse ein Imprint des Verlags Matthes & Seitz Berlin.

Zweite Auflage Berlin 2021

Göhrener Straße 7, 10437 Berlin
info@matthes-seitz-berlin.de

Gestaltet und gesetzt von Michael Rosenlehner, Berlin.
Verwendet wurde die Minion Pro,
entworfen von Robert Slimbach.
Die Herstellung besorgte Hermann Zanier, Berlin.
Gedruckt und gebunden von Art-Druk, Szczecin.
ISBN 978-3-7518-0614-5
www.friedenauer-presse.de

HARLAN COBEN

Der Preis der Lüge

GOLDMANN
Lesen erleben